# El Isläm
## en
## Cubä

## ¿Un hecho aislado
## o un fenómeno social?

Maikel Castillo Salina

Publicado por Ibukku
**www.ibukku.com**
Diseño y maquetación: Índigo Estudio Gráfico
Copyright © 2020 Maikel Castillo Salina
ISBN Paperback: 978-1-64086-720-8
ISBN eBook: 978-1-64086-721-5

# Índice

**En el nombre de Dios,
el clemente, el misericordioso.**

Dedicado a mis hijos.

# Introducción

Al escribir este libro mi objetivo principal es que el lector se acerque a la historia del islam y a la de los musulmanes cubanos, que conozca de sus tradiciones y costumbres, y que pueda responder algunas interrogantes y contradicciones que surgen continuamente con respecto a estos temas. A lo largo de estas páginas nos encontramos con que el discurso literal gira principalmente en torno a investigar de forma integral la llegada del islam a las religiones cubanas, así como el surgimiento de pequeñas comunidades musulmanas en la isla de Cuba, para así, posteriormente poder gestar un debate que considero sin lugar a dudas necesario para la sociedad cubana, pues el islam es un tema poco conocido y muy mal interpretado por esta. Este desconocimiento ha provocado un mar de tabúes en la población y en ocasiones un temor innecesario hacia los simpatizantes de esta doctrina, sin embargo, esta forma de vida también forma parte de nuestra identidad, puesto que se encuentra insertada en las bases de nuestras raíces cubanas desde la llegada de los colonizadores españoles así como de los negros esclavos procedentes de África. Gracias al islam, las principales religiones cubanas constan de tener una sólida estructura. Es un hecho indudable el rol histórico que este representó y muestra de esto lo podemos encontrar en el sincretismo de estas religiones.

Considero necesario aclarar que cuando hago mención al término "musulmanes cubanos" entiéndase por ello a ciudadanos cubanos que, en la búsqueda de su desarrollo espiritual e intelectual, conocieron el islam, abrazaron esta religión y se convirtieron en musulmanes; estos, al pasar el tiempo, conformaron diversos grupos los cuales hoy en día son la estructura de una pequeña comunidad que en tiempos presentes aumenta en adeptos y se extiende a todo lo largo de la isla. No obstante, aunque estos grupos en apariencia pertenecen a distintas escuelas de pensamiento islámico, muchas veces estos se fusionan e interactúan en un solo sistema como tal, al menos así sucede la mayoría de las veces, puesto que estas comunidades, además de ser occidentales y tener otras costumbres natales, fueron las últimas del caribe en conformarse como tal, esto los hace un grupo con poca experiencia y un fenómeno comunitario no estudiado, o poco estudiado antes en profundidad.

El método investigativo que se empleó en esta obra se basó en testimonios y entrevistas de estos grupos, como es el caso del *Centro de estudios Islámicos Shias Al-Masumin*, la comunidad islámica *Malcolm X*, miembros de la mezquita Abdallah, así como revistas especializadas, nacionales y extranjeras.

Grandes momentos acontecieron en la realización de este trabajo. Es muy importante resaltar el entusiasmo de estos grupos: las incansables entrevistas con Abdul Walí, quien lleva más de una década siendo musulmán y es un activo integrante de la comunidad islámica cubana; así como los importantes testimonios de Hassan Abdul Gafúr quien fue imam (líder) y el máximo exponente de la comunidad *Malcolm X,* y quien encarecidamente contribuyó con sus experiencias a la realización de este trabajo. Es menester agradecer a todas las personas que aportaron de una forma u otra a la realización de este libro.

Esta obra está estructurada en capítulos, considero que de esta forma el lector tendrá una comprensión más amplia con respecto al surgimiento de las comunidades islámicas, así como a las temáticas que se abordan con respecto al islam, pues esta encierra en sí una doctrina de pensamiento tan extensa como compleja. Se necesitan muchos años de estudios para tener un verdadero conocimiento de ella, puesto que necesita también ser vista dese el estudio de su historia, tradición y cultura como en el caso de los pueblos árabes.

Como diría el sociólogo Abdallah Laroui: "La cultura árabe ha participado por completo en todos los niveles y en todas las visiones del mundo. Las mitologías, filosofías de inspiración platónica, las ideologías religiosas, las teologías, las metafísicas racionales fundadas en el tiempo físico, las filosofías cíclicas de la historia, las utopías románticas, y las filosofías del arte ".

Espero que este modesto trabajo cumpla el propósito con el cual fue concebido y así despierte el interés en el lector sobre un tema tan controvertido y desconocido en el acontecer cubano.

El autor.

# Capítulo I
# Islam

En estos tiempos de sórdidos pesares, se muestra en nuestro horizonte un afán de sobrevivir. La historia nos muestra cíclicamente ciertos periodos de decadencia a escala social, periodos donde priman la ignorancia, la corrupción, y la falta de valores. Es aquí donde, para algunos, la luz de los profetas y sus dinámicas doctrinas se hacen necesarias como medio de salvación o el camino absoluto a seguir. Uno de estos ejemplos es la religión del islam y su profeta Muhammad[1] (PBD[2]).

El islam es una religión monoteísta que acepta en principio la tradición profética del judaísmo y reconoce una larga línea de mensajeros divinos, según sus tradiciones son ciento veinticuatro mil, que comienzan desde Adám, prosiguen con Nuh (p) (Noé), Ibrahim (p) (Abraham), Mussa (Moisés), Isa (Jesús), hasta Muhammad [3] (PBD), el último de los profetas enviados a la tierra por Dios (Allah). En algún momento de la historia de la humanidad, el mensaje de esta religión adoptó el nombre de judaísmo, luego cristianismo y por último y ya perfeccionado el de islam. Aunque si bien este comparte sus orígenes con otras religiones como las mencionadas anteriormente, la visión de Dios del islam es de un monoteísmo absoluto.

Con la llegada del mensaje divino a través del último de los profetas o el sello de la profecía, como también se le conoce, surge el islam, dando así a los pueblos árabes, que eran los más ignorantes y atrasados de la época, la oportunidad de ser la vanguardia y los líderes del mundo civilizado. La civilización islámica ha sido uno de los fenómenos más extraordinarios de la historia de la humanidad.

Es necesario señalar que esta religión tuvo una rápida expansión, tal es así, que hoy en día la población musulmana mundial se estima entre los mil doscientos millones de personas. Según el vaticano, es

---

1 Muhammad (570-632 d.C.): quien es conocido en el occidente por deformación fonética como Mahoma.

2 PBD: significa paz y bendiciones a su descendencia.

3 El profeta Muhammad (PBD) era descendiente del profeta Abraham por parte de Ismael, a diferencia del profeta Isa, que lo era por parte de Isaac.

la religión más extendida del mundo, ya que ha superado en gran medida el número de devotos católicos, se reconoce también como la segunda religión del mundo si se suma el número de practicantes de las distintas confesiones del cristianismo.

El islam lo podemos interpretar como una ideología que interpreta y guía los movimientos revolucionarios, en otras palabras, es la religión de la revolución. Su objetivo principal es elevar el ser a la virtud misma y llevar a las sociedades a la más alta perfección, donde se premien la justicia divina, los códigos éticos y los valores morales. La religión del islam es una forma de vida que abarca todas las aristas del ser humano, por ejemplo: lo social, lo político y económico. Es uno de los fenómenos más significativos de la historia de la humanidad.

La doctrina pura del islam es la última religión celeste, la cual se revela como la más perfecta. Esta ha prescrito en el hombre los deberes que le permitan llevar una vida de felicidad y organización tanto en el plano individual como social, llevando a cabo los preceptos divinos. Al respecto, podemos decir que las reglas del islam son tales que todo individuo o sociedad que las observe puede adquirir las mejores condiciones de vida, así como una mejor perfección humana.

La religión del islam ha tomado en cuenta las necesidades de todos los seres humanos para poder satisfacerlas, por consiguiente, es una doctrina que satisface las necesidades reales y naturales del hombre. Sus enseñanzas y fundamentos pueden ser divididas en tres partes o aspectos fundamentales: primero encontramos sus doctrinas, luego las leyes y jurisprudencia del islam y por último el plano ético o las enseñanzas morales.

Dentro de los fundamentos de la religión (Usul al Din) encontramos los principios fundamentales en los cuales es esencial para todo musulmán conocer y creer, siendo estos principios las bases mismas o piedras angulares del islam. Estos son cinco:

❖ El monoteísmo (tawhid).

❖ La justicia divina (adl).

❖ La profecía (nubuwat).

❖ El imamato (imamat).

❖ El día del juicio (qiyamat).

El monoteísmo en el islam se define con la creencia de que existe un único Dios (Allah), es la firme creencia de que toda cosa ha sido creado por él y está sometido a su voluntad.

*"Di: 'Él es Dios, uno. Dios eterno. No ha engendrado ni ha sido engendrado. Y nada es igual a él"* (Corán 112:1-4).

*"Tal es, en verdad, su orden: cuando él quiere una cosa, dice '¡Sé!', y es"* (Corán 36:82)

La creencia en la existencia de Dios es un principio común entre todas las doctrinas divinas. El sagrado Corán considera la existencia divina como algo evidente, y es por ello que exhorta a comprobarla a través de la reflexión y la argumentación. La exhortación a estudiar y reflexionar sobre el sentido de la vida, la naturaleza y las maravillas de las criaturas, es un elemento necesario dentro del islam, puesto que según se plantea en el mensaje enviado a través del Corán, son evidentes signos y fuertes indicios de la existencia de un Dios creador. Las aleyas coránicas sobre este punto son numerosas:

*"Por cierto que en la creación de los cielos y la Tierra y en la diferencia entre la noche y el día hay signos para los que poseen entendimientos"* (Corán 3:190).

Desde esta perspectiva vemos que Allah es un ser único e inigualable que trasciende todo límite, es creador del universo en que vivimos, también carece de imperfecciones, es belleza, sabiduría y amor; es omnipotente, es quien crea, todo lo sabe y permanece absoluto e independiente. Es por estos y otros atributos de perfección, que se considera a Dios como un ser puro, desprovisto de defectos y con un dominio absoluto de lo sagrado. Él es, cuyo ser resulta inquebrantable y dispone de todo saber y poder.

*"Lo que está en los cielos y en la Tierra glorifica a Dios. Él es el todopoderoso, el sabio. Suyo es el dominio de los cielos y de la Tierra. Él da la vida y da la muerte. Y es omnipotente. Él es el principio y el fin, el visible y el escondido. Y es omnisciente"* (Corán 57:1-3).

*"Tu señor es quien se basta a sí mismo, el dueño de la misericordia..."* (Corán 6:134).

*"...De Dios es el dominio de los cielos, de la Tierra y de lo que entre ellos está. Crea lo que él quiere. Dios es omnipotente"* (Corán 5:122).

*"¡Dios! ¡No hay más Dios que él! Posee los nombres más bellos"* (Corán 20:7).

Dada la importancia de este principio, el objetivo fundamental del practicante es alcanzar el *tawhid*, que no es nada más que un estado de elevación espiritual que le permite encontrar la unicidad con su creador, fundiéndose en su ser y haciéndose uno con la realidad absoluta superior; todo ello indudablemente alcanzado a través de práctica constante y las normas prescritas dentro de la tradición islámica. Para cuando se logra este *makam* (estado), cada acto realizado por el musulmán será en armonía con su fuente originadora y será sumergido en el constante recuerdo de Dios.

El segundo principio o pilar fundamental de la religión islámica es la justicia, pero he de aclarar que cuando hago mención de este atributo, me refiero a la justicia divina (adl), significa que Allah, a diferencia de los hombres, es justo, no comete errores ni pecados, es todo perfección y sabiduría. La palabra *adl* tiene su origen en el idioma árabe y da la idea de hacer que dos cosas sean iguales o distribuidas igualmente, lo cual naturalmente nos lleva a la palabra igualdad, equidad, rectitud o justicia.

Las palabras opuestas son *yaur*, que significa estar inclinado hacia un lado, lo cual quiere decir no ser imparcial al hacer justicia; y la palabra *zulm*, que significa colocar algo en el lugar equivocado o tomar una decisión errónea.

La justicia divina es uno de los atributos de la perfección, Dios, a través de ella, propicia orden y equilibrio. Por ello todo fenómeno ha sido creado con una perfección única, toda acción de Dios cae sobre este segundo principio. Dice el Corán al respecto:

*"Allah no es injusto ni en el peso de lo más pequeño, y cualquier buena acción la multiplicará, por su parte, con una buena recompensa"* (Corán 4:40).

*"Aquel que ha hecho bien todo cuanto ha creado..."* (Corán 32:6).

*"...y tu señor no será injusto con nadie"* (Corán 18:48).

*"...y Allah no quiere la injusticia para sus siervos"* (Corán 40:31).

*"Lo bueno que te sucede viene de Allah y lo malo que te sucede viene de ti mismo..."* (Corán 4:78).

Es por ello que este necesario atributo divino también florece en el hombre como una importante cualidad y virtud a tener en cuenta, ya que esta pone a salvo al hombre de los peligros y de los excesos, sean estos dentro del ámbito personal o el social. Al respecto diría Platón:

*"Cuando la facultad de la justicia se desarrolla en el hombre, todos los otros poderes y facultades del alma son iluminados por ella, esclareciéndose estos mutuamente. Esta es la condición en la cual el alma humana se mueve y actúa en la mejor y más meritoria manera posible, ganando afinidad y cercanía a la fuente de la creación".*

Sin lugar a duda, el desarrollo de esta noble cualidad en el hombre significa el completo dominio del intelecto y la razón sobre las otras facultades humanas, ya que el intelecto es, por decirlo de alguna forma, el soberano del cuerpo; es por ello que, si la justicia prevalece en él, prevalecerá el dominio y el control sobre las demás funciones y aptitudes. Siendo que, si un individuo tiene alguna responsabilidad sobre otras personas y en él aparece esta loable virtud, indudablemente sus súbditos o aquellos que estén a su cuidado, se encontrarán a buen resguardo y recibirán un buen trato.

Esta cualidad solo puede ser bien ejercida, si el individuo puede reconocer los excesos y, a través de las sagradas enseñanzas del islam, puede conocer el justo medio, logrando así armonía y perfección en sus actos, llegando de esta manera a su anhelada felicidad.

Según los sabios del islam la justicia es de tres clases:

1. La justicia entre el ser humano y su creador: se refiere a las recompensas y castigos otorgados al hombre por su comportamiento, actos y conductas.

2. La justicia entre los seres humanos: se refiere al respeto de los derechos individuales y sociales los unos con los otros acorde a las leyes de la religión.

3. La justicia entre el ser vivo y el difunto: se refiere al respeto por el recuerdo al difunto, el pago de sus deudas y el actuar acorde a su voluntad.

Cabe destacar que en el Corán, Allah ha ordenado ser justo, sin embargo, él trata a sus criaturas con algo mejor que la justicia que es denominado *tafaddul* (bondad), cuyo fin es ayudar a los individuos y grupos en la obediencia de los mandamientos divinos, ya que los creyentes creen que todas las acciones de Allah están destinada hacia el beneficio de sus criaturas.

El tercer principio fundamental es la profecía[4]. El ser humano dispone de una razón, hacer buen uso de esta le permite discernir y distinguir entre lo correcto e incorrecto, el bien y el mal, la verdad y la falsedad; sin embargo, la razón no es suficiente para guiar al hombre hacia la felicidad y el camino recto. La especie humana decide sus acciones de forma propia y reflexiva y, aun así, en muchas

---

4 Misión profética-Nubuwwah

ocasiones decide actuar de manera contraria a su provecho individual o colectivo.

Los profetas anuncian de parte de Dios el camino a seguir o *la guía divina*, que traerá felicidad a los seres humanos. El profeta es aquel que recibe las revelaciones de Dios para liberar a la humanidad de la ignorancia y la injusticia con el fin de conducirla hacia la felicidad, el conocimiento y la verdad.

*"Te hemos hecho una revelación, como hicimos una revelación a Noé y a los profetas que le siguieron. Hicimos una revelación a Abraham, Ismael, Isaac, Jacob, las tribus, Jesús, Job, Jonás, Aarón, y Salomón. Y dimos a David los salmos. Te hemos contado previamente de algunos enviados, de otros no con Moisés, Dios habló de hecho, enviados portadores de buenas nuevas y que advertían, para que los hombres no pudieran alegar ningún pretexto ante Dios después de la venida de los enviados. Dios es poderoso, sabio"* (Corán 4:162-164).

Los profetas pueden ser divididos en dos categorías:

a. *Rasul*: es un profeta que aporta un nuevo código de vida basada en las leyes divinas[5], estos profetas también son llamados Ulu Al-Azm.

b. *Nabi*: es un profeta (mensajero) que no ha aportado ninguna nueva sharia, pero ha seguido o dado continuidad a su profeta *rasul precedente*.

En total 124.000 profetas han sido enviados por Allah con un mensaje divino a la humanidad. Desde Adam (p) quien el islam considera el primer profeta, seguidos por Noé, Abraham, Ismael, Isaac, Jacob, José, Job, Moisés, Aaron, David, Salomón, Elías, Jonas, Juan (el bautista), Jesús (la paz sea con todos ellos), hasta Muhammad (mpd), el último de los profetas. La humanidad y sus civilizaciones siempre han tenido un faro de luz espiritual que con gran intensidad ilumina el camino de los hombres. Los profetas, a lo largo de la

---

5 Sharia

historia, han invitado a los hombres a seguir la vía de los enviados precedentes, el llamado profético siempre ha estado presente en el acontecer histórico de todo individuo y sociedad.

Debemos saber que la religión de cada uno de los profetas se considera como la más completa en relación a su época, y su legislación es la más integra, si esa gracia divina no fuera un hecho tangible, la humanidad no hubiera alcanzado el nivel de perfección que tiene actualmente. Estos hombres encargados de transmitir los mensajes divinos poseen ciertos atributos que los distinguen de otros hombres, lo cual en cierta medida les permite que sean identificados y reconocidos como tal.

❖ No cometer ningún descuido o error en su misión.

❖ No cometer ningún pecado, ya que el menor pecado por su parte invalida su palabra.

❖ Poseer grandes virtudes morales.

*"El conocedor de lo oculto. No descubre a nadie lo que tiene oculto, salvo a aquel a quien acepta como enviado. Entonces, hace que le observen por delante y por detrás, para saber si han transmitido los mensajes de su señor. Abarca todo lo concerniente a ellos y lleva cuenta exacta de todo"* (Corán 72:26-28).

A modo de resumen diremos que el sagrado Corán resume los objetivos de la profecía en los siguientes puntos.

1. Fortalecer los principios de la unicidad y evitar cualquier tipo de desvío.

*"Por cierto que hemos enviado a toda comunidad un mensajero, de forma que dijeran: ¡Adorad a Dios y alejaos del Tagut"* (Corán 16:36).

2. Familiarizar a las personas con los conceptos y mensajes divinos y con el camino de la auto-purificación.

*"Él es quien envió entre los iletrados un mensajero de entre ellos, que les recita sus aleyas, les purifica y les enseña el libro y la prudencia"* (Corán 62:2)

3. Establecer la equidad en la sociedad humana.

*"Por cierto que hemos enviado a nuestros mensajeros con las evidencias, e hicimos descender con ellos la escritura y la balanza, para que la gente establezca la equidad"* (Corán 62:2).

4. Juzgar en los pleitos y solucionar las diferencias.

*"La gente constituía una sola comunidad, luego Dios envió a los profetas como albriciadores y amonestadores, e hizo descender con ellos el libro mediante la verdad, para que juzgara entre la gente en aquello en lo cual discreparan"* (Corán 2:211).

5. Proporcionar a los siervos los indicios suficientes que no dejen lugar para alegar pretexto alguno.

*"Mensajeros albriciadores y amonestadores, de manera que la gente no pudiera alegar ante Dios ningún pretexto luego de los mensajeros. Dios es poderoso, prudente"* (Corán 4:164).

El imamato es la gestión de los asuntos temporales y espirituales de la sociedad islámica, la persona que se encarga de esto es el imam o guía de la comunidad musulmana.

Para los shiitas, tras la muerte del profeta (pbd) un imam fue designado por Dios para preservar los principios de la fe y de esta forma guiar a la humanidad en el camino recto. Allah informó al profeta Muhammad (pbd) de los nombres e identidades de sus sucesores y este, antes de su partida, designó a su sustituto: el imam Ali ibn Abi Tálib(as), quien también era primo y yerno del profeta.

Según un escrito comúnmente relatado por los shiitas y sunnitas, el primer día de su misión profética, el mensajero de Allah se encontraba reunido con su familia y en el transcurso de esta reunión designó a su sucesor: Ali ibn Abi Tálib (as), quien en aquel entonces tenía apenas diez años. El imam Ali fue el primer hombre en aceptar la convocatoria del profeta, es también conocido por el apelativo de Amir Al-Mu'minin (comandante de los creyentes), título que le fue otorgado por el mismo profeta y que luego fue usado por distintos califas del islam tanto de la dinastía omeya como de la abasí.

El imam nació el viernes 13 de rayab en el templo de la Kaaba, la casa de Dios, su madre, quien dio a luz dentro de ella, se llamaba Fatima. El profeta se encargó de su crianza y enseñanzas, tal vez atraído por las nobles y excelentes condiciones que había observado en su joven primo, de este modo, el imam se crio y educó bajo la sombra del mensajero de Dios y de su esposa Jadiyah. Durante siete años fue uno de los pocos seguidores del profeta, aprendía el Corán directamente de él, quien se lo recitaba apenas le era revelado y le pedía a Dios que Ali(p) lo memorizara y comprendiera todos sus significados.

Ya en Medina, el profeta del islam realizaría la ceremonia de hermandad entre los musulmanes a fin de estrechar lazos de confraternidad en la nueva comunidad, pues eligió a su primo Ali como hermano, destacando su preferencia por él. Más tarde el profeta le daría la mano de su hija menor Fátima en matrimonio y ello acercaría y aumentaría la unión con el enviado de Dios. Luego de la conquista de la Meca, lo envió a predicar el islam a Yemen, donde logró una conversión masiva de la población en escaso tiempo, allí demostró ser un gobernante justo.

El profeta siempre recomendó a los musulmanes que siguieran a Ali y escucharan sus sabias y veraces palabras, pues de este modo nunca errarían. Existen muchas tradiciones al respecto:

*"Yo soy la ciudad del conocimiento y Alí es su puerta".*

*"Después de mí el más sabio de los hombres es Alí".*

*"Alí está siempre con la verdad y la verdad esta siempre con Alí. No se separarán uno del otro hasta el día del juicio".*

*"Juro por aquel que tiene la vida en sus manos, que este hombre (Alí) y sus seguidores (shias) serán triunfadores el día del juicio".*

En otra tradición bien conocida, días antes de su muerte, el profeta (pbd), delante de ciento veinte mil personas, en las proximidades del estanque de Khom, había levantado la mano de su primo Alí (as) y declarado a todos los presentes:

*"Alí tiene derecho de tutela y de administración parecido al mío; él administrara a quien yo administro".*

Habiendo el profeta (pbd) designado él mismo a su sucesor y vicario, el imam Alí (as) (comandante de los creyentes), todos los imames también hicieron lo mismo, fueron sucediéndose uno tras otro hasta llegar a ser doce. En resumen, podemos decir que el imamato como principio básico del islam es creer en los doce imames que vinieron después del profeta (pbd). Estos son:

❖ Imam Ali Amir Al-Mu'minin, la paz sea con él.

❖ Imam Hasan Al-Muytaba, la paz sea con él.

❖ Imam Husáin, la paz sea con él.

❖ Imam Sayyad Zain Al-Abidin, la paz sea con él.

❖ Imam Muhammad Al-Baqir, la paz sea con él.

❖ Imam Yafar As-Sadiq, la paz sea con él.

❖ Imam Musa Al-Kazem, la paz sea con él.

❖ Imam Ali Ar-Ridha, la paz sea con él.

❖ Muhammad At-Taqi, la paz sea con él.

❖ Imam Ali An-Naqi, la paz sea con él.

❖ Imam Hasan Al-Askari, la paz sea con él.

❖ Imam Muhammad Al-Mahdi, la paz sea con él.

Para concluir esta parte diremos que el santo profeta, en su lecho de muerte, llamó a su primo Ali y entregó su bendita alma a Dios mientras estaba entre sus brazos con su cabeza apoyada sobre el pecho del imam. Ali se encargó de los baños mortuorios y los demás ritos del entierro del mensajero de Dios.

El quinto principio fundamental del islam es el día del juicio (Qiyamah). Todas las religiones celestiales están de acuerdo en la necesidad de la fe en el más allá y la exigencia de la creencia en la resurrección, es un hecho que todos los profetas conjuntamente discutieron el tema de la unicidad divina, también hablaron del día del juicio, la resurrección y el mundo después de la muerte. Si bien este tema ha sido planteado con anterioridad tanto en el antiguo como en el nuevo testamento, el sagrado Corán ha abordado este aspecto más que el resto de los libros celestiales.

Según el islam, la muerte de los seres humanos no es su completa aniquilación, al momento de morir el espíritu se desprende del cuerpo humano, corta los lazos que lo unen con el vehículo físico, para así proseguir su existencia inmaterial. Después de la muerte continúa la vida de una manera distinta; aquél que realizó buenas acciones y cumplió con todo lo establecido por Dios recibirá amor y bienestar, mientras que aquél que siempre fue pecador y malhechor será atormentado producto a sus faltas.

En el día del juicio Dios resucitará a todos los seres humanos (con sus cuerpos), y después, reunidos en un mismo lugar, serán juzgados según sus acciones y creencias. Es por ello que corresponde a cada persona esforzarse en realizar buenas acciones y seguir la senda correcta a través del camino recto (Sirat Al-Mustaqim)

*"Dicen: cuando nos hayamos perdido en la Tierra, ¿es verdad que se nos creará de nuevo? No, no creen en el encuentro de su señor. Di: El ángel de la muerte, encargado de vosotros, os llamará y, luego, seréis devueltos a vuestro señor"* (Corán 32:10-11).

*"Y, cuando se toque la trompeta, ese día, no valdrá ningún parentesco, ni se preguntarán unos a otros"* (Corán 23:102).

*"No penséis que quienes han caído por Dios hayan muerto. ¡Al contrario! Están vivos y sustentados junto a su señor, contentos por el favor que Dios les ha hecho y alegres por quienes aún no les han seguido, porque no tienen que temer y no estarán tristes"* (Corán 3:169-170).

*"Vez entre sus Signos que la tierra esta seca. Luego, se reanima y reverdece cuando hacemos llover sobre ella. En verdad, Quien vivifica puede también vivificar a los muertos. Es Omnipotente"* (Corán 41:39)

*"¿No ve el hombre que le hemos creado de una gota? Pues ¡ahí le tienes, porfiador declarado! Nos propone una parábola y se olvida de su propia creación. Dice: ¿Quién dará vida a los huesos, estando podridos? Di: les dará vida quien los creó una vez primera, él conoce bien toda la creación"* (Corán 36:77-79).

Después de haber explicado los fundamentos de la religión podemos adentrarnos en lo que los musulmanes conocen como las ramas del islam (Furu e din), las cuales comprenden distintas disposiciones referentes al marco social y espiritual del individuo y de la sociedad. Estas pueden ser consideradas como deberes y obligaciones que fueron destinadas para el creyente, los cuales están en relación directa con su vida y el bienestar en ella, así como con su concepción religiosa, ya que los deberes determinados por la religión son diferentes de aquellos definidos por los laicos, así pues, para determinar los deberes y las obligaciones del individuo y de la sociedad, la religión toma en consideración también la vida en el mundo eterno. La religión establece sus leyes y reglas en relación con el conocimiento del Dios y la sumisión al señor.

Las ramas del islam son diez y no pueden conocerse solamente con la razón humana. Es conocido por todos que la razón y la mente humana, a pesar de toda su grandeza, es limitada, por ello el creyente necesita la ayuda de Dios, así sea a través de los profetas, los libros sagrados, los imames o la guía de los sabios; es por ello que estas explicaciones son en conformidad con las enseñanzas de Ahlul-Bait[6]. Las ramas del islam son:

- ❖ El rezo (*salat*) (cinco veces al día).

- ❖ El ayuno (*sawn*).

- ❖ Dar el diezmo (*zakat*).

- ❖ Dar limosna[7] (*jums*).

- ❖ La peregrinación a la ciudad sagrada de meca (*hajj*).

- ❖ La lucha misionera (*yihad*).

- ❖ Aconsejar el bien (*Amr bil Ma'ruf*).

- ❖ Reprobar el mal (*Nahi an il-Munkar*).

- ❖ Unión al noble profeta y a los miembros de su familia (*tawala*).

- ❖ Separación con los enemigos del profeta y de su familia (*tabarra*).

Como hemos podido ver, la religión islámica es una forma de vida general y universal que Dios reveló a Muhammad con el fin de guiar a los hombres en esta vida y en la otra, es por ello que el islam también se aplica en la sociedad para impedir que esta caiga en el abismo de la corrupción y la ignorancia.

Siendo la religión del islam un programa de la vida misma, fija ciertos deberes al hombre en relación con su vida y exige de él su aplicación. Según el Corán nuestra vida está ligada a tres cualidades fundamentales, estas son: el señor, nuestra propia persona y nuestros semejantes.

---

6 La familia del profeta Muhammad(pb)
7 Dar en limosna el quinto de las ganancias

❖ Dios todopoderoso, pues somos sus criaturas y a quien debemos todos los favores que él nos ha reservado. Nuestro reconocimiento hacia su umbral es nuestro deber más urgente, el más necesario.

❖ Nuestra propia persona.

❖ Nuestros semejantes, a los que estamos obligados a pertenecer y a compartir nuestras vidas, nuestros esfuerzos y nuestras actividades con ellos.

Además de los deberes y cualidades mencionadas, existen una serie de prescripciones prácticas y morales que bien analizados sirven como una guía hacia la bondad y la felicidad, nos muestran un camino de virtud basados en la fe, el amor y en principios éticos, los cuales llevados a cabo hacen posible el mayor cumplimiento de buenas y dignas acciones. Esta hermosa y significativa religión nos muestra al ser humano con una inclinación natural hacia lo divino (*fitrah*), aunque en el transcurso de su vida tiende a contaminar esa esencia primigenia con la constante asimilación de malos vicios y la llamada enaltación del ego. Por estas circunstancias, este establece que cada miembro de la sociedad tiene un conjunto de derechos y normas al que todo practicante de esta doctrina está obligado a seguir, como son:

❖ Los deberes hacia Allah.

❖ La búsqueda del conocimiento.

❖ Interacción con la comunidad.

❖ Debida atención a los padres, al matrimonio y a los hijos.

❖ Ser justo y equitativo.

❖ Ser amable y generoso.

❖ Purificar el alma a través de buenas obras.

❖ Tener buena apariencia, etc.

Estas son solamente algunas normas que expusimos para que el lector tenga una idea más clara a lo referido en este tema, pero existen otras obligaciones, que entran en diferentes categorías como son el *adab* o la educación islámica, como también se le conoce, así como la restricción de la alimentación, pues hay una serie de alimentos que son permisibles (*halal*) y otros que están prohibidos por ser impuros (*haram*) para el musulmán.

En el islam existen diferentes nominaciones religiosas las cuales tienen distintas interpretaciones legales y teológicas, ejemplo de ello son los sunnitas y los shiitas, que representan los mayores exponentes de la religión. Los primeros conforman el noventa por ciento de los musulmanes del mundo, mientras que los segundos el diez por ciento restante, sin embargo, debemos señalar que en países como Líbano, Irán e Irak los sunnitas son una minoría.

De estas dos vertientes surgen cinco escuelas jurídicas principales, cuatro de ellas son sunnitas y una shiita. Las cuatro escuelas sunnitas son: Maliki, Hanafí, Shafi y Hambalí. Debemos saber que cada una de ellas emplea términos muy distintos para esclarecer diversas cuestiones teológicas y legales, aunque los fundadores de estas cuatro escuelas reconocen la sabiduría y el conocimiento de la escuela shiita *Ya'farí* o *Duodecimana,* como también se le conoce, ya que el sexto imam Yafar Al-Sadeq(as), quien fue descendiente directo del profeta del islam, reuniría todas las enseñanzas de la escuela shiita, también fue maestro en Medina del imam Abdullah Malik ibn Anas y del imam Abu Hanifa, fundadores de las escuelas Maliki y Hanafi. Posteriormente Abdullah Malik sería maestro del imam Ash-Shafi y este del imam Ahmad ibn Hambal, fundadores de la escuela Shafi y Hambalita respectivamente.

La religión del islam no es mera especulación metafísica, es un mensaje divino que eleva al individuo y a la sociedad a niveles superiores donde se reemplazan las contradicciones e iniquidades con una idea más perfecta y universal. Es como hemos dicho con anterioridad, una forma de vida, la cual reivindica la naturaleza única del creyente y lo armoniza con los aspectos cotidianos de su vida. Esta forma de vida trajo consigo la mayor revolución cultural de la historia, gracias a ella surgieron grandes eruditos, que cambiaron notablemente el curso de la historia humana. Estos hombres revivieron el nivel de pensamiento alcanzado por los griegos 1500 años antes y lo elevaron a niveles superiores jamás alcanzados por la raza humana, construyendo así una cultura progresista y multilateral que sentó las bases del florecimiento de la ciencia actual.

# Capítulo II
# Entrada a la
# península ibérica

La llegada de los musulmanes a la península ibérica comienza el 30 de abril del año 711, cuando un general bereber llamado Tariq ibn Zaid, dirigiendo un ejército de siete mil hombres, desembarcaría cerca del famoso Peñón de Gibraltar, lugar que posteriormente llevaría por nombre Yabal Al-Tariq (Monte de Tarik). Este hizo la travesía a bordo de la flota del Conde Don Julián[8] que estaba al servicio de Musa ibn Nusair (640-716), general de los omeyas y gobernador musulmán de la Ifriqiiah, hoy Tunicia.

Luego de desembarcar, Tarik ordeno quemar las naves con las cuales había hecho toda la travesía e hizo una importante proclama de lucha a sus tropas, esta osada actitud le valió de gran admiración entre los soldados, que más adelante le ayudarían a conquistar audazmente la ciudad de Algeciras. Tarik encontró mucha resistencia, los nobles españoles establecían alianzas y acuerdos entre ellos, pero unieron todas sus fuerzas militares y lograron proporcionarle grandes bajas al ejército enemigo en el campo de batalla. Su situación pasó a ser muy comprometida pero, para dicha de este, aumentaría el número de sus hombres al recibir 5000 soldados enviados por su superior Musa ibn Nusair. Gracias a esta oportuna ayuda le fue posible lograr una importante victoria la cual fue decisiva sobre el último rey Visigodo Don Rodrigo. Estas batallas se realizaron a las orillas del río Guadalete el 19 y 29 de julio del año 712.

Al año siguiente, Tarik tomó posesión de la ciudad de Toledo, que era la capital del reino visigodo, y sin pensarlo dos veces se dirigió a la ciudad de Guadalajara. En el verano siguiente se reunió en Toledo con su superior Musa ibn Nusayr, el cual había desembarcado por Algeciras con 18.000 hombres y había logrado grandes proezas militares, conquistando todo el suroeste peninsular. Ya para el año 714, ambos habían conquistado Zaragoza, León y Astorga, Cantabria, Galicia, Pamplona y Tarragona.

---

8 Antiguo gobernador de Ceuta.

Luego regresaron a Damasco en septiembre de ese año y a partir de entonces España entró a formar parte de *Dar Al-islam"* (la casa del islam), que contrariamente a lo que se dice no fue una conquista de sangre y fuego por los musulmanes, estos más bien fueron ayudados por la población nativa, la cual era mayoritariamente arriana y con una numerosa comunidad judía que había vivido durante siglos bajo el yugo y la tiranía de la oligarquía visigoda, por esta razón contribuyeron a facilitar la entrada del ejército islámico a las ciudades y se pusieron a su servicio.

### Reyes visigodos

| NOMBRE | REINADO |
|---|---|
| Ataúlfo | 410-415 |
| Sigerico | 415 |
| Valia | 415-418 |
| Teodorico I | 418-451 |
| Turismundo | 451-453 |
| Teodorico II | 453-466 |
| Eurico | 466-484 |
| Alarico II | 484-507 |
| Gesaleico | 507-510 |
| Teodorico I el Grande | 510-526 |
| Amalarico9 | 526-531 |
| Teudis | 531-548 |
| Teudiselo | 548-549 |
| Agila | 549-555 |
| Atanagildo | 555-567 |
| Liuva I[10] | 567-572 |
| Leovigildo | 568-586 |
| Recaredo | 586-601 |
| Liuva II | 601-603 |

9 Sucedió a su padre, Alarico II, en el 507. Durante su minoría de edad ejerció el gobierno del reino su hermanastro Gesaleico y su abuelo Teodorico I el Grande.

10 Desde el 568 reinó asociado a su hermano Leovigildo.

| Viterico | 603-610 |
|----------|---------|
| Gundemaro | 610-612 |
| Sisebuto | 612-621 |
| Recaredo II | 621 |
| Suintila | 621-631 |
| Sisenando | 631-636 |
| Chintila | 636-639 |
| Tulga | 639-642 |
| Chindasvinto | 642-653 |
| Recesvinto | 653-672 |
| Wamba | 672-680 |
| Ervigio | 680-687 |
| Egica | 687-702 |
| Witiza11 | 700-710 |
| Agila II | 710-716 |
| Rodrigo | 710-711 |

Los judíos y arrianos formaron parte de este nuevo estado islámi-co y comulgaron con la fe y costumbres de los árabes, estos últimos se integraron a la población autóctona a través de múltiples matri-monios, puesto que la gran mayoría eran guerreros que no tenían esposas.

Los musulmanes, pacificaron la península en menos de dos años y establecieron un estado islámico. La Historiadora Francesa Ra-chel Arié en su libro España musulmana siglos VIII-XV nos dice al respecto:

> Los árabes no impusieron la religión musulmana a las poblaciones de España recién conquistada; estas pasaron a formar parte de las gentes del libro (*Ahl Al-Kitab*), es decir, de los adeptos a las religiones relevadas. Al igual que las pequeñas comunidades judías de las ciudades visigodas, los españoles cristianos pudieron conservar el libre ejercicio de

11 Asociado al trono en el 698 y coronado en el 700, desde esta fecha gobernó conjuntamente con su padre, Egica, hasta la muerte de este.

su culto, pero al continuar vinculados a su antigua religión, se convertían en tributarios (*dimmíes*), sujetos al pago de impuestos especiales. Numerosos españoles a quienes el régimen visigodo había privado de sus bienes, optaron por la conversión al islam, lo que les confería de forma automática el disfrute del estatuto personal de los musulmanes de nacimiento.

Estos neomusulmanes formaron los núcleos más numerosos de la población musulmana, sobre todo en el sur y el este de la península, y eran conocidos en el Al-Ándalus con los nombres genéricos de Musalina y sobre todo de Muwlladadun (muladíes); parece que el primer término se aplicaba más bien a los conversos propiamente dichos y el segundo a sus descendientes. Los españoles que no quisieron adoptar el islam y conservaron la religión cristiana fueron llamados Mozárabes (del árabe musta-rib). Los árabes no tenían la superioridad numérica suficiente para convertir sus inmensas conquistas en territorios de doblamiento; se limitaron, pues a propagar su religión un poco por todas partes, a exigir la arabización social de las poblaciones sometidas a su autoridad y a formar los cuadros políticos de cada uno de estos territorios. El núcleo de población árabe más antiguo en cuanto a fecha de llegada a la península ibérica fue el de los Qaysíes y Kalbíes, traídos por Musa b.Nusayr; a ellos se unieron en fecha temprana algunos centenares de notables árabes llegados a Al-Ándalus con el gobernador de Ifriqiya Al-Huub Abdurrahman Al-Taqafi (97-716). La inmigración árabe se prolongo durante todo el siglo VIII [...] Los árabes se instalaron en las ciudades de la llanura, especialmente en el bajo valle del Guadalquivir, en los cordones litorales que rodean el sur de la península, en las vegas de los Valles del Genil, del Tajo y del Ebro y, sobre todo, en Las Ricas Huertas de Levante.

No hay que olvidar el papel esencial desempeñado por los bereberes en la conquista de España. Los que se quedaron en este país se unieron pronto por matrimonio con familias de neomusulmanes o con familias árabes. Reclutados por Tarik b.Ziyad en las zonas montañosas del Rif y de Yerbala, junto al litoral mediterráneo, se establecieron en las zonas montañosas de la península ibérica, donde ocuparon las tierras altas de la meseta central y las laderas de las sierras. Fueron especialmente numerosos en el Algarve, en Extremadura y en las prolongaciones de esta región hacia el noreste, hasta la sierra de Guadarrama. En cuanto a Andalucía, se instalaron sobre todo en las serranías de Ronda y de Málaga, en las dos vertientes de Sierra Nevada.

Los árabes reconstruyeron todas las antiguas obras dejadas por los romanos, así como construyeron sus propios hermosos monumentos. Cabe señalar que en la llamada edad de oro del islam, entre el siglo VIII y IX, sus territorios se extendían desde España hasta China, donde sobresalía un amor fraternal y altruista entre arrianos, musulmanes, cristianos, judíos, budistas e hinduistas.

Después de establecerse oficialmente en la península en el año 732, entraron en Francia entre Tours y Poitiers, al norte de Gribaltar a 450 kilómetros de Londres y menos de 200 de París. En el año 735 ocuparon la ciudad de Aviñón, el valle del Ródano y Lyon. Posteriormente, en el año 759 se vieron obligados a retirarse, no sin dejar muestra de su gran desarrollo social y sentido artístico.

Antes de continuar, es necesario hablar sobre la palabra castellana *moro*, puesto que es costumbre escuchar cuando hablamos de los musulmanes de España "los moros que conquistaron España" o "los moros musulmanes". Primero, aclaremos que la palabra viene del latín *maurus* y del griego *mávros* que significa oscuro o negro. Este término fue muy utilizado por autores griegos y romanos para designar a los pueblos que habitaban el antiguo reino de Mauritania y las antiguas provincias romanas de Mauritania Cesariense al norte de África, también tiene un uso coloquial y connotaciones peyorativas, aunque desde la Edad Media mucho se ha utilizado en la literatura culta para designar a un conjunto impreciso de grupos humanos como es el caso de *Otelo*, el moro de valencia del afamado escritor William Shakespeare que emplea este término para definir a su personaje de raza negra y evita cualquier discusión respecto al islam en su obra. Es común también encontrar otros sinónimos como son *moruno*, usado para referirse a los nativos de África septentrional; *morería*, que se utiliza para identificar los barrios, países o territorios en los cuales habitaban los moros; y por último *morisco*, que eran los descendientes de los musulmanes que posterior a la reconquista se quedaron en España. Este término también ha sido muy empleado en el arte y muy particularmente en la poesía, muestra de ello lo podemos encontrar en el poema popular *Abenámar*.

*Abenámar, Abenámar, moro de la morería, moro que en tal signo nace no debe decir mentira. Allí respondiera el moro, bien oiréis lo que decía no te la diré, señor, aunque me cueste la vida, porque soy hijo de un moro y una cristiana cautiva* (Romance de Abenámar).

Otro nombre común que tenían era el de *berebere,* que era el nombre que recibían algunos pueblos no árabes que habitaban grandes zonas al norte de África. A lo largo de los siglos, estos grupos siempre se han mezclado con numerosos grupos étnicos, las primeras referencias datan del 3000 a.C. y aparecen en antiguos documentos egipcios, griegos y romanos. Durante muchos siglos estos ocuparon la costa norteafricana, denominada Berbería donde permanecieron hasta el siglo VII d.C. Cuando los árabes conquistaron esta zona la gran mayoría de sus habitantes se convirtieron a la religión del islam y emigraron hacia la cordillera del Atlas y algunas zonas del desierto del Sahara.

Un dato curioso es que los bereberes tenían por costumbre llamarse entre ellos *imazighen,* que significa "hombres libres". Como podemos darnos cuenta el termino berebere era muy utilizado para designar estos grupos étnicos, por ejemplo, los griegos conocían a los bereberes como libios, los romanos lo conocían como mauritanos o numidios, y los europeos medievales los incluyeron en los moros, nombre que atribuían a todos los musulmanes de África del norte.

# Capítulo III
# El Califato de Córdoba

El Califato de Córdoba o Califato omeya de Córdoba, como también se le conoce (661-750), era un estado musulmán andalusí que tenía sede en Damasco. Este culminó inicialmente en el año 750 con la llegada de los abbasie (750-1100), que eran un imperio árabe el cual pretendía el califato por tener descendencia con Abbas ibn Abd Al-Muttalib, uno de los tíos más jóvenes del profeta. Los abbasie, cuya capital se encontraba en Bagdad, tenían un gran potencial militar, así como un alto grado de centralización en todo el imperio, por ello luego de tomar posesión ordenaron la muerte de los príncipes omeyas.

Abdurrahman (731-788), quien era nieto del Califa Hisham ibn Abdilmalik (691-743), fue el único de todos los príncipes que pudo sobrevivir y escapar de la invasión abbasie. Abdurrahman fue muy perseguido y tras sostener continuas luchas fue proclamado Califa de Córdoba en el año 756 donde dio inicio al primer emirato independiente de los omeyas hispanoárabes. Esta etapa de su vida representó uno de los periodos más ilustres de la historia del islam.

Posteriormente, en el año 777, Carlomagno invade Al-Ándalus pero no logra realizar la toma de la ciudad, puesto que es abatido por las tropas de Abdurrahman a las puertas de Zaragoza.

### Al-Ándalus: emires independientes y califas de Córdoba

| NOMBRE | REINADO |
|---|---|
| Abdurrahman I | 756-788 |
| Hisham I | 788-796 |
| Al-hakam | 796-822 |
| Abdurrahman II | 822-852 |
| Muhammad I | 852-886 |
| Al-Mundhir | 886-888 |
| Abd-Al-lah | 888-912 |

| Abdurrahman III | 912-929 |
| Al-Hakam II | 961-976 |
| Hisham II | 976-1009 |
| Muhammad II | 1009 |
| Sulayman Al-Mustain | 1009-1010 |
| Hisham II | 1010-1013 |
| Sulayman Al-Mustansir | 1013-1016 |
| Alí ibn Hammud | 1016-1018 |
| Abdurrahman IV | 1018 |
| Al-Qasim ibn Hammud | 1018-1021 |
| Yahya ibn Alí ibn Hammud | 1021-1023 |
| Al-Qasim ibn Hammud | 1023 |
| Abdurrahman V | 1023-1024 |
| Muhammad III | 1024-1025 |
| Yahya ibn Alí ibn Hammud | 1025-1027 |
| Hisham III | 1027-1031 |

Con la creación de Al-Ándalus se dio inicio a la época de máximo esplendor comercial, político y cultural. Fue un estado islámico andalusí gobernado por los califas de la dinastía omeya. Al-Ándalus llego a contar con más de 70 bibliotecas públicas, pues casi todos sus habitantes sabían leer. Córdoba llegó a tener 1836 mezquitas, 30.452 tiendas de comercio, 25 escuelas públicas y 1600 hospederías, tenía una importante red de alumbrado público y más de 700 baños públicos. En sus calles se encontraban centenares de teólogos, antologistas, historiadores, constructores, albañiles y casi un millón de habitantes. La opulencia del Califato de Córdoba queda reflejada en las palabras del geógrafo Ibn Hawqal:

> La abundancia y el desahogo dominan todos los aspectos de la vida; el disfrute de los bienes y los medios para adquSirir la opulencia son comunes a los grandes y a los pequeños, pues estos beneficios llegan incluso hasta los obreros y los artesanos, gracias a las imposiciones ligeras, a las condiciones excelentes del país y la riqueza del soberano; además, este príncipe no hace sentir lo gravoso de las prestaciones y de los atributos...

En el último cuarto del siglo X los cristianos del norte establecieron una guerra civil que se extendió entre los grupos étnicos de Al-Ándalus, que terminaron por provocar la ruina del Califato de Córdoba hacia el 1031. La España musulmana se dividió en veintitrés taifas o estados independientes, frente a los cuales se situaron los llamados reyes Taifa.

Tras la huida del último califa de Córdoba la cuidad se quedó sin liderazgo y un consejo constituidos por notables de la ciudad decidió dar el poder de esta a Abú'l Hazm Yahwar bin Muhammad, quien desarrolló un sistema de gobierno pseudo-republicano con un consejo de estado de ministros y jueces. Córdoba fue gobernada por una élite colectiva en lugar de un solo emir[12] como era común entre los taifas.

Abul Hazm gobernó desde 1031 hasta su muerte en 1049, cuando fue sucedido por su hijo Abul Walid Muhammad, quien continuó durante 21 años el gobierno creado por su padre. Al transcurrir el tiempo comenzó a ceder el poder de la republica de Córdoba a sus dos hijos Abdurrahman de Córdoba y Abd Al-Malik de Córdoba, pero por desgracia los hermanos se enfrentaron y fue este último quien salió victorioso, logrando así arrebatar todo el poder.

Este lamentable enfrentamiento tuvo graves consecuencias, puesto que desestabilizo la república y Abd Al-Malik se vio necesitado de recurrir al emir de la taifa de Sevilla: Abbad Al-Mutadid. Esto alarmó a Al-Mumún, quien era el emir de la taifa de Toledo y, temiendo una nueva jerarquía, envió sus tropas a sitiar Córdova y capturar a Abd Al-Malik. La ocupación duró hasta que Muhammad Ibn Abbad Al-Mutamid sucedió a su padre como emir de Sevilla en 1069. Este derrotó en el año 1070 al ejército de Toledo y lejos de lo que se pensaba no liberó Córdoba, sino que la anexionó a la taifa de Sevilla. Al-Malik fue hecho prisionero inicialmente y posteriormente exiliado a la Isla de Saltés localizada en la ría de Huelva en las inmediaciones de las localidades españolas de Huelva y Punta Umbría.

Las continuas guerras entre los reinos taifas favorecieron la creciente intervención de los reyes cristianos. Para el año 1085, Toledo fue conquistada por Alfonso VI de Castilla y de León (1040-1109),

12 Es un titulo nobiliario empleado históricamente en los países islámicos.

hijo de Fernando I el Magno, rey de Castilla y León y de su esposa la reina Sancha de León. Esta ocupación le permitió incorporar el título de rey de Toledo a los que ya ostentaba, puesto que tenía gran ambición de engrandecer sus territorios, sobre todo en las tierras musulmanas. Esta victoria después de un largo asedio fue un nuevo impulso a la reconquista, posteriormente los cristianos tomaron la ciudad de Guadalajara y Madrid.

Alfonso "el Bravo", estableció un nuevo dominio en lo económico y militar que le permitió la incorporación de los territorios situados entre el Sistema Central y El Tajo, siendo esta base de operaciones para la Corona Leonesa, permitiéndole así emprender un mejor hostigamiento a las taifas de Córdoba, Sevilla, Badajoz y Granada.

La presión militar sobre los reinos taifas hizo que sus reyes decidieran pedir ayuda a los almorávides[13] del norte de África. Comandados por el emir Yusuf ibn Tashufin (gran líder, guerrero y místico), en 1086 cruzaron el estrecho de Gibraltar y desembarcaron en Algecira.

El 23 de octubre de 1086 el emir Yusuf consigue vencer a Alfonso en la batalla de Sagrajas, cerca de Badajoz, allí tuvo lugar el gran renacimiento de Al-Ándalus que prosiguió con los almohades. Aunque esta batalla no supuso una gran perdida para la corona, fue sin lugar a dudas un gran freno a la política expansiva. Posteriormente Alfonso VI de Castilla y León fue derrotado en la Batalla de Uclés el 30 de mayo de 1108 donde esta vez si perdería gran parte de las tierras obtenidas en sus anteriores contiendas. Esta derrota representó treinta años de retención de la reconquista. Alfonso VI murió el 30 de junio de 1109 en Toledo y fue sepultado en el monasterio de San Benito de Sahagún en la localidad Leonesa de Sahagún. Su hija Urraca I, de su matrimonio con Constanza de Borgoña, heredó los reinos de León y de Castilla.

Urraca I (1080-1126), reina de Castilla y de León (1109-1126), tuvo un hijo con Raimundo de Borgoña al que le pusieron por nombre Alfonso VII, este heredó el trono tras la muerte de su madre y en 1135 fue coronado emperador. Alfonso VII el conquistador, rey de Castilla y de León. Su principal contienda contra los almorávides y los almohades fue la expedición contra Almería en octubre de 1147.

13 Almorávides: miembros de la dinastía bereber.

En el año 1157, los almohades tomaron posesión nuevamente de la ciudad de Almería y Alfonso VII trato de reconquistarla, pero no tuvo éxito alguno. Por esta derrota regresa a León y fallece el 21 de agosto de ese mismo año.

Los almohades fueron grandes constructores, construyeron la Torre de Oro en 1171, la mezquita mayor de Sevilla y en el año 1181 erigieron el Alcázar. Bajo el mandato de su califa Abu Yaqub Yusuf, intensificaron sus ofensivas contra los reinos cristianos, este, con un poderoso ejército, derrotó las fuerzas cristianas de Alfonso VIII de Castilla en julio de 1195 en la batalla de Larcos. Sumada a otras campañas militares obligaron a los reyes cristianos a eliminar sus desacuerdos y asperezas para hacer frente a los almohades.

El 16 de julio de 1212 Alfonso VIII derrotaría al ejército almohade cerca de la población jienense de Las Navas de Tolosa. Esta victoria permitió extender los reinos cristianos hacia el sur de la península ibérica, acontecimiento que trajo consigo el empujón deseado a la reconquista hispanovisigoda, puesto que con esta derrota los almohades quedaron completamente aniquilados en la península.

Posteriormente el reino nazarí de Granada se constituyó debido a la caída de la dinastía almohade, su fundador Muhammad ibn Nasr, primer rey del reino de Granada y quien ordenó la edificación de la Alhambra que luego se convertiría en una de las siete maravillas del mundo moderno, se convirtió en tributario de los reyes para que el reino de Granada pudiera sobrevivir como último reino musulmán de la península hasta que más adelante, lejos de sus deseos, esta fue conquistada por los Reyes Católicos en 1492. Este título fue conferido a Fernando II de Aragón (1452-1516) y a Isabel I de Castilla (1451-1504) por el papa valenciano Alejandro VI. Esta fue la primera vez que se dio el nombre de rey y reina de España como homenaje a su esfuerzo empleado en la propagación del catolicismo y la finalización de la reconquista.

En Cuba la llegada del islam se remonta a la época del colonialismo español. Se dice que cuando Cristóbal Colón llegó a las Américas en 1492 traía consigo practicantes musulmanes como es el caso de Rodrigo de Triana (el primer hombre que vio las tierras de América), quien como tantos otros, para sobrevivir a la hoguera tuvo que cambiar su nombre islámico al castellano.

En la época del reinado de Isabel la Católica y Fernando de Aragón prácticamente culminaron ocho siglos de permanencia islámica. Todavía hasta 1550 en la península ibérica existían bastiones musulmanes, sin embargo esta influencia no solo penetró a través del régimen español, sino también con la llegada de los esclavos africanos a la isla. Existían dinastías que constituyeron grandes imperios musulmanes principalmente en el norte de África.

Los árabes poseían una gran red comercial de navegación, sus marinos habían penetrado las costas orientales de África, así como también Egipto, Malí, Sudán, el sur del Sahara, Nigeria etc. Este intercambio de culturas dio sin lugar a duda un sincretismo en las demás religiones.

# Capítulo IV
# Sincretismo

En Cuba, a pesar de que la Iglesia católica era dominante y contaba con el favor absoluto de la corona, la llegada de los negros esclavos mandingas y lucumíes aportó a la isla una de las grandes ramas de las religiones cubanas como son *la Regla Ocha* y *la Regla del Congo*. Inicialmente hablaremos de los mandingas y nos adentraremos un poco en sus historias e interesantes costumbres.

Los mandingas o mandé, como también se les llama, conforman un grupo étnico de África Occidental, aunque en la actualidad existen muchos residiendo en diferentes países como es el caso de Malí, Sierra Leona, Costa de Marfil, Senegal, entre otros. Se desarrollaron con el imperio de Malí y de Ghana y están presentes desde Mauritania a Nigeria. Desde el punto de vista étnico y cultural, los mandingas se relacionan con los songhai del Sahara y los wólof y fulanis de la costa atlántica. Este pueblo tiene una llamativa cultura y muchos optan por definirlos por su lengua más que por sus costumbres y su pertenencia étnica, puesto que son muchos y diversos los grupos étnicos que han adoptado los nombres de manden.

La cultura mandinga se caracteriza por ser patriarcal y patrilineal. Tradicionalmente son una sociedad aristocrática basada en un sistema de castas. En un principio tenían esclavos, prisioneros de guerra, nobles y vasallos. Sus reyes y generales mantenían un estado social más elevado que el de sus compatriotas, los cuales eran nómadas o asentados. Los mandingas eran invasores y comerciantes, sin embargo, la mayoría son hoy pastores de ganado, agricultores y pescadores. Sus diferencias con el tiempo se erradicaron y esto trajo consigo el posible avance económico y social de cada grupo.

Los mandingas son en su mayoría musulmanes, realizan los rezos diarios y ayunan en el mes de ramadán, pero muy pocos utilizan las vestimentas tradicionales árabes, incluyendo a las mujeres que no utilizan el velo. Muchos combinan la creencia islámica con ciertas creencias animistas pre-islámicas, esto ocurre principalmente en las zonas rurales del pueblo manden.

Cuando hablamos de los mandingas es necesario hablar de Askia Muhammad, quien fue el principal responsable de la expansión del Imperio songhai. Askia Muhammad "el Grande" (1442-1538) sucedió a Sunni Ali y consolidó un programa de expansión que extendió desde Taghaza en el norte hasta las fronteras de Yatenga en el sur, y desde Air en el noreste a Futa Tooro en Senegal. Subió al trono en el año 1493 y realizó un extenso peregrinaje a La Meca que lo hizo famoso en Europa y Oriente. Ya para su regreso, se propuso transformar el anterior estado africano en un reino islámico y aunque este intento fracasó, creó muchas escuelas islámicas y favoreció a incontables eruditos musulmanes con altos cargos en el gobierno y concesiones de tierras. Es importante señalar que fue más estadista que guerrero. En 1528 fue derrocado y desterrado por su hijo.

Posteriormente la colonización europea afectó el orden de la sociedad manden. Las continuas guerras costaron la vida de muchos de sus soldados y debido a esto se crearon fronteras coloniales artificiales que sin más dividieron a la población. Los mandingas llegaron a Cuba como esclavos y fuerza de trabajo de los europeos. Desde ese instante llegaron para quedarse y constituir un elemento importante de la cultura cubana.

## Yorubas

Los yorubas son el principal grupo étnico de los estados de Ekiti, Ogun, Oyo, Osun, Lagos y Ondo, que son subdivisiones políticas de Nigeria; también constituyen una importante proporción de la republica de Benín, así como los estados de Kwara y Kogi. En el caribe son muchos los de ascendencia africana que poseen ancestros yorubas, ya que un gran porcentaje de los negros esclavos en América tenían sus orígenes en esa región. En Cuba los yorubas son llamados *lucumi* por la frase *o luku mi,* que significa "amigo mío" en algunos dialectos africanos.

Existen muchas versiones sobre el origen del pueblo yoruba, la más popular nos cuenta sobre un líder llamado Oduduwá quien era la cabeza de un ejercito invasor que provenía del este, a menudo identificado con La Meca. Estableció un sistema de gobierno monárquico entre las tribus indígenas que encontraba a su paso, siendo así el fundador de *Ilé-Ife* que es el estado yoruba más importante.

Oduduwá también guarda una estrecha relación con *ifá*, que es el eje principal del sistema teológico de adivinación de la religión yoruba. A través de él los babalawos14 invocan al dios Orunmila para predecir el futuro y dar orientación al necesitado. Para esto utilizan una cadena de un largo determinado, en la que, a tramos regulares se le insertan ocho abalorios que pueden ser de coco, carey, etc. En el acto adivinatorio también se utilizan 16 semillas sagradas llamadas *ikines*. Según las distintas combinaciones de los *16 mejis* principales pueden llegar hasta a 256 signos, los cuales tienen una enseñanza o un trabajo a realizar para buscar la armonía del individuo.

Otro mito interesante de los yorubas nos cuenta que Olodumare (dios principal) descolgó una cadena desde el cielo para que Oduduwa descendiera y creara la Tierra y a sus habitantes. Este traía consigo un gallo, un trozo de tierra, y una semilla en la palma de la mano, Mientras descendía desde los cielos, sin darse cuenta dejó caer el trozo de tierra en el agua que era lo único que existía, fue entonces que se dio cuenta que esta había formado una pequeña colina. El gallo se posicionó rápidamente sobre ella y comenzó a expandir la arena con sus patas y esta fue extendiéndose hasta que resulto ser el territorio yoruba. Oduduwa entonces sembró la semilla y de esta creció un árbol con dieciséis ramas que representan los dieciséis reinos.

Otra característica mitológica de los yorubas es que esta representa al mundo generado por dos fuerzas: expansión y contracción. La primera es identificada como la luz, es de carácter masculino, cuyo trazo es una línea recta que representa los nones. La contracción está identificada con la oscuridad y es de carácter femenino, cuyo trazo es de dos líneas rectas que representa los pares. Estas fuerzas establecen un equilibrio entre sí mismas que son importantes para toda evolución. Este principio se refleja en la práctica cuando el sacerdote de Ifá, consultando al oráculo, traza las marcas en el tablero de Ifá que siempre serán de pares o nones hasta que se logra la figura del *Oddun*, el cual expresa la predicción o augurio al consultante. Estas fuerzas provienen de un lugar místico conocido por los yorubas como *la casa*

14 Babalawos: sacerdotes o padres de los secretos.

*de la luz*, en esta radica *Ifá*, que es una sustancia invisible que transforma la potencia espiritual en una realidad física donde su armonía logra un equilibrio perfecto en el amanecer y atardecer de nuestros días, creando una energía que se mueve entre la luz y la oscuridad con una doble naturaleza (positiva-negativa), que al interactuar crean una tercera llamada ashé. Siendo así, ashé, portador de los cuatro elementos primordiales que forman el agente mágico universal (aire-agua-tierra-fuego) son complementos necesarios para el origen de la vida. Cada fuerza vital es alabada por un Orisha (divinidad) en el que se encuentra parte de la creación. En el caso de ser un humano, este pasaría a ser su ángel de la guarda o la divinidad tutelar de la persona.

# Capítulo V
# Conquistas islámicas de los pueblos yorubas

Los estados yorubas eran controlados por monarcas y ministros que reconocían la primacía de la ciudad Ilé-Ife. La vida precolonial yoruba en la región de sabana entre la selva y el río Níger, en sus inicios era muy convulsa, estos fueron arrastrados hacia el sur por intensos conflictos con el Califato de Sokoto, que era un imperio musulmán fundado por el fulani[15] coránico Usman Dan Fodio.

Tras obtener el poder de las ciudades del norte de Nigeria, el Califato de Sokoto, también conquisto *Llorín,* que era uno de los pueblos yorubas más septentrionales, así como también *Oió-Ile,* la ciudad capital del imperio *Oió.* El califato prosiguió en su expansión hacia el sur de la actual Nigeria, pero en contra de sus intenciones fueron totalmente derrotados por los ejércitos de *Ibadan* (pueblo yoruba). Este pueblo yoruba tuvo contacto con el islam a través del comercio con Mansa Musa (el león de Malí), quien fue rey Mansa del imperio de Malí, era descendiente de un familiar del fundador del imperio: Sundiata Keïta.

Se dice que Musa era un musulmán muy devoto y bajo su mandato el islam floreció en África. Dedicaba muchas horas al estudio de la religión, sabía leer y escribir en árabe. Tuvo un especial interés por la ciudad de Tombuctú, e hizo de la universidad de Sankore de Tombuctú una de las más prestigiosa del reino y del mundo, tal era así que muchos eruditos y artesanos del mundo islámico acudieron de todos los reinos para recibir educación en los gremios y las madrazas de Sankore. El hecho más importante de su reinado fue su peregrinación a La Meca, que duró dos años y durante la cual estableció relaciones económicas con Túnez y Egipto. Bajo su mandato se construyeron La Mezquita de Gao y La Mezquita de Djingareyber. Musa murió en 1337 y fue sucedido por su hijo Maghan.

Los musulmanes estaban concentrados en muchos de los estados principales yorubas, como Abeokuta, Oyo, Ibadán, Shaki, en-

---

15 Fulani: También llamados fula, son el pueblo nómada más grande del mundo, estuvieron entre los primeros grupos africanos que abrazaron el islamismo.

tre otros. También es muy común ver participar las congregaciones musulmanas de estas zonas con mucha frecuencia en los ritos de Ifá.

Los musulmanes tenían un gran poder político y religioso sobre las ciudades africanas y esto dio sin lugar a dudas una nueva identidad entre sus habitantes. Para más detalles podemos leer algunos fragmentos del ensayo que lleva por nombre *Poder político en el África subsahariana entre el 1000 y 1500,* donde su escritor David Northrup, profesor de historia de la universidad de Boston, nos cuenta de una manera más detallada lo que sucedió en aquella región africana.

## La costa swahili

De todos los pueblos africanos de este periodo, sólo los swahilis del este de África tenían contacto con comerciantes de países más alejados. Estos pueblos habían comerciado durante mucho tiempo con Egipto y el Oriente Medio, utilizando como vía de transporte el Nilo, el mar Rojo y el océano Índico, pero a partir del siglo XIII, el comercio creció rápidamente extendiéndose hacia al sur e incluyendo entre los productos intercambiados el oro. Hacia 1500, unas 30 ciudades-estado situadas a lo largo de 1.500 millas de la costa africana del océano Índico estaban dedicadas al comercio de ultramar. A pesar de que estas ciudades eran políticamente independientes, los habitantes compartían una cultura común y hablaban un mismo idioma. Estos pueblos y su idioma se conocen como swahilis[16].

Las excavaciones realizadas por arqueólogos demuestran que las ciudades comerciales swahilis eran originariamente pequeños pueblos de pescadores africanos. A medida que su riqueza procedente del comercio fue aumentando, los habitantes sustituyeron sus cabañas de paja por edificios de piedra de coral, algunos de los cuales de hasta tres o cuatro pisos. Estos lugares eran también ricos en productos traídos de tierras lejanas, por ejemplo: porcelana de China, perlas de la India o monedas del sur de Asia y China.

El comercio conlleva, por lo general, un intercambio de ideas y de bienes materiales. Existe una interacción entre las personas de diferentes culturas y como resultado, se desarrollan culturas híbridas.

16 Swahilis: nombre que en árabe significa "las costas de los negros".

Algunos de los comerciantes musulmanes de Arabia y el golfo Pérsico se establecieron de forma permanente en las ciudades swahilis y su presencia incrementó la mezcla de poblaciones e introdujo nuevas palabras en su lenguaje. Los comerciantes musulmanes también animaron a los habitantes locales a adoptar el islam como religión propia. A medida que esta se iba difundiendo, los habitantes swahilis fueron construyendo espléndidas mezquitas de piedra de coral.

El gran viajero Ibn Batuta pasó por la costa swahili en 1331 y describió el comercio y la hospitalidad que recibió de muchos gobernantes musulmanes. En el momento de su visita, la ciudad swahili más importante era Kilwa (en la actual Tanzania). Ibn Batuta describió Kilwa como "una de las ciudades más bellas y mejor construidas del mundo". Alabó la devoción de los africanos de Kilwa en la práctica del islam y al gobernante de la ciudad por su modestia y generosidad.

Aunque las ciudades swahilis exportaban muchos productos, desde carey y madera, hasta marfil y esclavos, fue el oro lo que realmente enriqueció a la ciudad de Kilwa. A finales del siglo XV, Kilwa exportaba por barco una tonelada de oro al año. Este oro no procedía de la costa swahili, sino de las minas del interior del sureste africano.

## Gran Zimbabwe

Los habitantes del interior de Gran Zimbabwe comerciaban principalmente con los swahilis de la costa, manteniendo un contacto limitado con los comerciantes islámicos y asiáticos que llegaban a las costas del este de África. Aunque se han encontrado productos de Asia y Oriente Próximo entre las ruinas de Gran Zimbabwe, existe escasa evidencia que indique que su cultura estuviese influenciada por los extranjeros y dado que no dejaron registros escritos, no se conoce mucho más de ellos.

## Etiopía

Otros estados de esta época tuvieron una historia más larga de interacción con pueblos no africanos. Al norte de la costa swahili y al borde del mar Rojo se encuentra Etiopía, uno de los reinos más antiguos del África subsahariana. Etiopía fue el único estado cristiano del África subsahariana que sobrevivió a la invasión musulmana que destruyó los estados nubios del alto Nilo poco antes de 1300.

A partir de 1270 aumentó considerablemente el comercio de Etiopía a través del puerto de Zeila, en el mar Rojo. Etiopía exportaba oro, marfil, esclavos, ámbar, caballos y pieles de animales. Parte de este comercio se dirigía hacia el norte hasta el Mediterráneo Oriental. Otra parte del comercio se dirigía a través del mar Rojo hasta la ciudad de Adén en el extremo meridional de la península arábiga y desde allí hacia otros destinos en el océano Índico. La mayor parte de este comercio pasaba a través de manos musulmanas, aunque también algunos comerciantes judíos servían como intermediarios. Durante un tiempo la Etiopía cristiana prosperó gracias a las relaciones comerciales con sus vecinos musulmanes y judíos.

## Malí

De todos los estados africanos de la época, ninguno sobrepasó en esplendor al imperio de Malí. Entre 1200 y 1500 Malí fue el estado más extenso y rico de todo el África subsahariana y sucedió al antiguo Imperio de Ghana, destruido en 1076 por los almorávides, un grupo guerrero islámico que procedía del norte. En su momento de máximo esplendor, Malí ocupaba un vasto territorio del Sudán occidental (las tierras por debajo del Sahara occidental). Este territorio se extendía desde el océano Atlántico hasta la gran curva del río Níger, donde se asentaban ciudades llenas de activa vida comercial, religiosa e intelectual.

Una obra épica transmitida oralmente por los mandingas (también conocidos como mandingos o malinkeses) de Malí cuenta cómo, poco después de 1200, su reino surgió de un conflicto con el estado Susu en expansión dirigido por el rey Sumanguru Kanté. Hacia 1240 el pueblo mandinga, agrupado en diferentes jefaturas, fue conquistado por los susus, por lo que los mandingas solicitaron a su jefe depuesto, Sundiata Keïta, que los ayudara a liberarse. Según la obra épica mandinga, Sumanguru Kanté y Sundiata lucharon con estrategias mágicas y militares, Sumanguru Kanté aparece y desaparece a voluntad, asume diferentes formas y atrapa flechas con sus manos desnudas, pero finalmente Sundiata se hace con la victoria hiriendo a Sumanguru Kanté con una flecha especial que le roba sus poderes mágicos. A continuación, Sundiata vence a las fuerzas susus, mucho mayores, y hace de Malí un gran imperio.

Además de la fuerza política, militar y religiosa de Sundiata, el tamaño y la riqueza de Malí procedía en gran parte de las rutas comerciales transaharianas que pasaban por el norte a través del Sahara. Las caravanas de camellos del norte de África y del Sahara traían caballos, sal, productos manufacturados, libros y gran variedad de otros productos hasta las ciudades de Jenne, Tombuctú y Gao a lo largo de la curva del Níger. Durante el Imperio de Malí, el comercio exterior también había introducido prácticas y creencias musulmanas en estas ciudades comerciales. A su vez, Malí exportaba oro, esclavos y otros productos locales. El control de Malí sobre las zonas productoras de oro en el sur y el oeste del imperio fue un factor determinante de atracción para los comerciantes extranjeros.

La fama de la riqueza de Malí se extendió enormemente durante el reinado de Musa entre 1312 y 1337. Como todos los musulmanes, Musa deseaba hacer una peregrinación a la ciudad santa de La Meca. Su viaje de ida y vuelta a través del desierto hacia El Cairo y hasta La Meca (entre 1324 y 1325), aunque estaba motivado en gran medida por la devoción, también le permitió mostrar al mundo las riquezas de Malí. Musa realizó la peregrinación acompañado de un gran séquito que incluía a su primera esposa y cientos de sirvientes y esclavos. En una descripción de esta peregrinación se afirma que en el séquito viajaban 60.000 porteadores y un gran número de camellos cargados con suministros y provisiones. Durante sus paradas en El Cairo, Musa vivió de forma despilfarradora, entregando grandes cantidades de oro a sus asombrados huéspedes.

Esta peregrinación fue una experiencia profundamente religiosa para Musa y para sus acompañantes quienes, a partir de entonces, decidieron observar más estrictamente las leyes islámicas, por ejemplo, la que limita el número de esposas a cuatro. A la vuelta de su peregrinaje, Mansa Musa construyó en su país varias mezquitas e inauguró escuelas islámicas en Tombuctú y otras ciudades a lo largo de la curva del Níger, pasando a ser durante los dos siglos siguientes un importante centro de educación islámica. El comercio de libros traídos a través del desierto produjo algunos de sus máximos beneficios, un investigador de Tombuctú al fallecer en 1536 tenía en su casa más de 700 libros, lo que suponía una enorme biblioteca para su tiempo.

Ibn Batuta visitó Malí entre 1352 y 1354 durante el reinado de Mansa Solimán, sucesor de Musa. El investigador musulmán y gran viajero quedó impresionado por la extensa práctica del islam en Malí, alabó a sus gentes por la fiel recitación de las oraciones y aprobó la práctica de encadenar a los estudiantes hasta haber finalizado sus lecciones.

Ibn Batuta describió asimismo las fastuosas ceremonias de las audiencias públicas del rey de Malí en su capital, Niani "Vestido con una larga túnica roja, el rey subía a una plataforma elevada con solemne dignidad acompañado por músicos y cientos de colaboradores". También describió el respeto que mostraban al rey sus súbditos y alabó al gobierno de Malí por la "seguridad total y generalizada" de la que podían gozar los visitantes de sus vastos territorios, seguridad de gran importancia para el fomento del comercio de larga distancia.

Los sucesores de Mansa Solimán no lograron mantener unido el vasto Imperio de Malí. Algunos de los pueblos conquistados se rebelaron y otros grupos atacaron el imperio desde el desierto con la esperanza de saquear la riqueza de sus ciudades. Tombuctú cayó en 1433 y hacia 1500 Malí ya sólo era un pequeño reino. Tombuctú siguió siendo una ciudad importante, pero las luchas y la inseguridad reinante obligaron a muchos comerciantes y estudiosos a alejarse de allí.

## Kanem-Bornu y los estados hausas

Cuando cayó el imperio malí, algunas de las caravanas transaharianas se dirigieron en su lugar a Kanem-Bornu, un antiguo reino dual en el centro de Sudán y a las ciudades-estado vecinas de los hausa. Aunque esta región no exportaba oro, las ciudades hausas, como Kano, eran importantes fuentes de producción de tejidos de algodón teñido y de productos fabricados con piel negra y roja. Hacia 1450 los gobernantes de los estados hausas adoptaron el islam como religión oficial, aunque las personas que habitaban fuera de las ciudades continuaron con sus prácticas religiosas tradicionales.

Los gobernantes de Kanem habían ocupado la región musulmana hacia 1085 y habían ampliado sus territorios en el siglo XIII absorbiendo el reino de Bornu. Los gobernantes de Kanem-Bornu, que durante mucho tiempo habían participado en el comercio transahariano, eran importantes importadores de caballos del norte de África, destinados a mantener una poderosa caballería pesada equipada con gruesas colchas de algodón. En el siglo XV, los ejércitos de Kanem realizaron numerosas campañas militares que contribuyeron a llevar el islam a otros pueblos. En estas campañas los prisioneros eran enviados a través del desierto para ser cambiados por caballos.

# Capítulo VI
# Cultura e identidad

Cuando hablamos de cultura, nos adentramos en un amplio camino donde cada palabra y cada pensamiento que tenemos nos muestra una nueva realidad en el que, a cada instante descubrimos un poco más quiénes somos. Decía Linton "La cultura ha sido definida a menudo como la suma total del éxito humano", y es evidente que, sin un conocimiento profundo de esta, el desarrollo de las sociedades carece de perspectiva y de lógica alguna.

"La cultura da al hombre la capacidad de reflexionar sobre sí mismo. Es ella la que hace de nosotros seres específicamente humanos, racionales, críticos, y éticamente comprometidos. A través de ella discernimos los valores y efectuamos opciones. A través de ella el hombre se expresa, toma consciencia de sí mismo, se reconoce como un proyecto inacabado, pone en cuestión sus propias realizaciones, busca incansablemente nuevas significaciones, y crea obras que lo trascienden". [17]

Así vemos la cultura cubana, como un modelo o patrón que va implícito en el orgullo de cada habitante. Son sus rasgos distintivos, sus costumbres, creencias, sistemas de valores y habilidades, lo que lo hace ser el individuo social que es hoy.

Los musulmanes también han hecho un gran aporte a la cultura cubana, ejemplo de esto lo podemos encontrar en nuestro lenguaje, es muy común encontrar palabras propiamente árabes como son: tarifa, jarabe, elixir, almirante, azúcar, bazar, aduana, rambla, caravana, naranja, azul, sofá, jarra, almacén, arabesco, limón, sorbete, muselina, etc., en realidad, más del treinta por ciento del castellano emplea estos términos.

También podemos encontrar una gran influencia en nuestra arquitectura, como es el caso de los grandes portales de las casas coloniales que se encuentran en la Calzada del Cerro, particularmente la que se encuentra justo al lado de la antigua residencia del gran filósofo y pedagogo cubano José de la Luz y Caballeros (1800-1862),

17 UNESCO, 1982: declaraciones de México.

así como los arcos en forma de herraduras y las muestras de arte mudéjar que utilizan el ladrillo, la madera y los azulejos como materiales fundamentales, son parte de un movimiento artístico hispano-musulmán que tuvo su mayor florecimiento en los siglos XIII al XVI, estos sobresalen a lo largo de la calle de Prado. Para el caminante es común encontrar antiguas losas con inscripciones escritas en árabe como *la ilaha illallah* (no hay más dios que Allah) en el barrio de La Habana Vieja. Otras muestras incluyen la arquitectura del Hotel Sevilla, la Casa del Árabe, algunos mosaicos que se encuentran en el popular municipio de Lawton, la pequeña cúpula que se encuentra cerca del centro recreativo 1830 por el túnel de la Quinta Avenida, y qué decir de los distintos hábitos culinarios.

# Capítulo VII
# ¿Musulmanes cubanos?

Aunque en Cuba no hubo un amplio desarrollo del islam, se tienen conocimientos que desde el año 1951, antes del triunfo de la Revolución cubana, ya había algunas personas de dicha nacionalidad que se habían convertido al islam[18], principalmente en las regiones orientales del país como es el caso del ya fallecido Carlos Singerman, quien vivía en la provincia de Camaguey. Este señor era continuamente visitado en su casa por saharíes y saudíes, ahí daban lugar a las distintas prácticas establecidas en la religión. También contamos con el testimonio de Jorge Jesús Lima Duarte, quien vive en la ciudad de Cienfuegos y hace más de tres décadas abrazó la religión y aún profesa la fe de Allah, pues a pesar de su ya avanzada edad, muestra una voluntad y una pasión fehaciente.

Los musulmanes cubanos se reunieron primero en la capital, en la Habana Vieja. Según Rigoberto Méndez, director de la Casa del Árabe, en 1985 se creo allí el museo Casa Árabe, en un lugar algo parecido a lo que era el interior de una mezquita. Allí había un restaurante que llevaba por nombre *Al Medina*, el cual, en 1992, por iniciativa del historiador de la Habana Vieja, pasó a ser un salón para realizar el Salat Yumúa[19] para embajadores y diplomáticos.

Ya en 1994 un grupo de musulmanes de Qatar recorrió la isla en una extensa peregrinación y a su paso un sinnúmero de cubanos se convirtieron al islam y adoptaron esta doctrina.

Tras esto surge en la capital un grupo dirigido por Carlos (Muhammad) y sus hermanos Isa y Hussain con asesoramientos y atención de la escuela de pensamiento shia, los cuales se reunían asiduamente para realizar diversos estudios islámicos. Cuentan que este grupo era muy selecto y solo lo integraban aquellos que fueran intelectuales.

En ese mismo año llega a Cuba, desde Brasil, Ahmed Ali Safi de origen libanés, quien para dicha de los musulmanes cubanos, traía consigo alguna literatura, incluyendo muchos sagrados coránes. Este

---

18 Convertido al islam: persona que acepta la religión
19 Salat Yumúa: El rezo del viernes

organizó una inolvidable cena para todos los musulmanes cubanos de la capital en el restaurante del Hotel Mariposa.

En 1995 viene Yama at[20] desde Canadá con literatura, incluyendo el Corán al español traducido por Julio Cortés. Posteriormente llegaron musulmanes de Barbados con el objetivo de interactuar con sus hermanos de la isla, y al finalizar el año llegó, en calidad de peregrinación, el primer Yama at de Emiratos Árabes.

En 1996 vuelve Ahmed Ali y da otra cena importante con la umma islámica en el mismo lugar. También en ese mismo año llega a Cuba desde Trinidad y Tobago Omuwale, gran político y musulmán, su presencia fue de vital importancia y esto representó un gran momento para los hermanos cubanos. Meses después llegan varios grupos musulmanes de Panamá y llega de Qatar el periodista Abdul Rahman Al-Mahmoud, quien realiza entrevistas y toma algunas fotos a los musulmanes cubanos en todo el país y luego escribe un libro titulado *Cuba: la mariposa soñadora del caribe*.

El 7 de julio de 1996, por iniciativa del gobierno cubano se crea un consejo islámico sin reconocimiento jurídico, integrado por Hassan A. Gafur, Mohammad Ali y Pedro Pablo Lazo. Ya en septiembre del mismo año, por determinadas situaciones gubernamentales, los musulmanes cubanos comienzan a reunirse en sus casas. Producto de ello, surge en casa de Hassan Gafur la biblioteca y casa de estudio Malcom X, posteriormente también comenzaron a reunirse en la casa de Pedro Pablo.

En el año 2000 llega el presidente de la República Islámica de Irán, el señor Muhammad Jatami (1997-2000), quien organiza una pequeña recepción con los musulmanes cubanos en la embajada de la Republica Islámica de Irán. Allí intercambian opiniones y hablan un poco de lo que acontece en el panorama nacional e internacional.

En el 2006 llega el Sheij[21] Abdul Karim, quien imparte algunas clases de teología y da algunas lecciones de árabe. Posteriormente,

---

20 Yama at: grupo religioso.
21 Sheik-Sheij: título conferidos a estudiantes de teología o ancianos.

en el 2007. arriba a la isla el Seyed Muhammad Husain Tabatabai[22] (profesor de teología y descendiente del profeta Muhammad).

En el año 2008 el Sheij Yafar Gonzáles trae alguna literatura e intercambia pensamientos con la umma (comunidad) islámica. En ese mismo año viene de Irán el doctor en teología Suhail Assad.

Ya en el año 2010 llega el Sheik Meison quien realiza varias actividades en el Hotel Occidental Miramar. A finales de este mismo año el Dr. Suhail visita nuevamente la isla para dar un ciclo de conferencias a la comunidad islámica.

Posteriormente visitaría Cuba en agosto del 2011 el Sheij iraní Karbalai, y en septiembre nuevamente el Dr. Suhail. Así posteriormente hasta la actualidad, cada año ha habido una participación fehaciente por parte de estos clérigos religiosos

Estos son algunos de los aconteceres más importantes de la umma islámica de Cuba. Los musulmanes cubanos fueron los últimos en ser reconocidos como tal en el caribe. A pesar de ser un movimiento religioso muy joven han recibido la ayuda de las grandes escuelas de pensamiento y de muchos grupos religiosos que en incontables ocasiones han tendido sus manos sin pedir nada a cambio, para así contribuir a la educación del musulmán cubano.

---

22 Allamah Sayyed Muhammad Husain Tabatabai: filósofo y teólogo musulman shiita irani.

# Capítulo VIII
# La mujer musulmana cubana

En la sociedad cubana actual la mujer juega un rol muy importante. Existen leyes que facilitan su desarrollo en el plano laboral, social, y familiar. Desde el triunfo de la revolución la mujer cubana ha desplegado sus alas en pos de superarse, y así contribuir al desarrollo integral de la nación. El arrojo y esfuerzo de estas grandes heroínas ha fortalecido y respaldado todas las grandes victorias del pueblo cubano.

Paralelo a esto la mujer cubana también juega un papel importante dentro de la comunidad islámica. A pesar de los tabúes aun existentes muchas de ellas se han interesado por el tema de la religión, misticismo y cultura dentro del islam. En las distintas actividades culturales que se han realizado, el tema de la mujer ha sido de vital importancia. Se ha podido observar un crecimiento gradual de féminas interesadas por esta forma de vida e incluso se han empezado a realizar algunas tesis y trabajos de carácter investigativo respecto a este tema.

La mayoría de las mujeres musulmanas cubanas tienen vínculos laborales y educacionales, igualmente pertenecen a asociaciones políticas del país como la *Federación de Mujeres Cubanas* (FMC), la *Central de Trabajadores de Cuba* (CTC), el Comité de Defensa de la Revolución (CDR), etc. Sin embargo, siempre hay una interrogante que persigue a la mujer musulmana y es sobre su forma ortodoxa de vestirse en el islam, no hay una sola de ellas a la que no le hayan preguntado en varias ocasiones sobre esta costumbre. Aunque la gran mayoría no siempre se visten tradicionalmente para trabajar y estudiar, siempre van de la forma requerida para asistir a las actividades del Centro Islámico Shias Al-Masumin y de la mezquita Abdallah, demostrando así respeto y total entrega a la causa del islam. Estas abnegadas heroínas tienen sus propias actividades donde confraternizan e intercambian opiniones con otras mujeres e incluso con hermanas de otras naciones. Este trabajo lleva varios años de dedicación y ha dado como resultado una mayor apreciación y enriquecimiento en lo que respecta a la identidad e intelectualidad de la mujer musulmana.

La mayoría de las mujeres musulmanas cubanas oscilan entre los 25 y 65 años de edad, con un nivel educacional que varía entre secundaria, enseñanza media superior y universidad, mientras que por ocupaciones se encuentran como profesionales, técnicos medios, obreras calificadas y amas de casa.

Muy importante ha sido, aunque poco reconocido por la sociedad, el esfuerzo de estas flores del islam que tratan a toda costa de mantener la tradición que profesan sin "perder su identidad". Respecto a esto, el Corán recoge en su historia a grandes mujeres que jugaron un papel significativo en la vida de los profetas, ejemplo de esto son las esposas de Adán e Ibrahim[23], las madres de Musa e Isa, Khadijah que fue la primera mujer del profeta y la primera persona que creyó en él como tal y Fátima Zahra, hija del profeta, esposa de Ali y madre del segundo y tercer imam, Hassan y Hussain, que por medio de su entrega y amor al islam es considerada uno de los 14 inmaculados libres de pecados. Son muchas las mujeres piadosas que mantienen un alto estatus dentro del islam.

Otro hecho poco conocido es que ellas tienen derecho a tener su propia economía y desarrollarse profesionalmente siempre y cuando no descuiden las atenciones de hijos, esposo y familia, así como el derecho al divorcio, aunque para ellas esta siempre es la última opción a recurrir en caso de que su matrimonio no marche feliz.

El islam también proclama que, a los ojos de Dios no hay diferencias entre hombres y mujeres, y reconoce que muchas de ellas poseen tales virtudes e inteligencia personal que obtienen un plano superior cuando hablamos de humanidad y felicidad, mientras que muchos hombres no llegan a tales posiciones, pues son arrastrados por la falta de razón y el abandono a las llamadas bajas pasiones. Como diría el filósofo y Ayatollah Murteza Mutahari:

"No hay momento en la vida de una mujer ni problema al que deba enfrentarse, para los que el islam no haya realizado una previsión amplia y benéfica".

---

23 Ibrahim: Abraham.

Ellas han aprendido a vivir la vida intensamente, a superar los obstáculos, a eliminar el desasosiego, a cultivar la paz interior, a convertir lo negativo en lo positivo y a encontrar luz donde antes no había, aunque reconocen que es muy dificultoso en Cuba elevarse espiritualmente, puesto que es muy difícil tener un equilibrio entre lo material y lo espiritual. De ahí la importancia de mantener una fe constante, tomarse en serio las técnicas de meditación, reflexionar en el porqué de las cosas y concientizar en la necesidad del islam para el desarrollo de la nación cubana.

"Es sabido que la mujer es la parte más bella de la creación humana" (Ayatollah Jameneí, discurso dirigido ante mujeres distinguidas del país en ocasión del día de la mujer, 2007).

# Capítulo IX
# El islam y la paz mundial

El islam teje sobre el tema de la paz una estructura social, de ahí su gran énfasis en mostrar al hombre, sea musulmán o no, la importancia de los sentimientos de hermandad y de gentileza de los unos con los otros.

La paz es un ingrediente necesario para la evolución del ser. Tal es así, que sin este elemento la felicidad humana no pudiera existir, todo sería amargura y la humanidad caería en un caos absoluto. Las personas deben ser libres de pensar y razonar sobre cualquier tema, deben ser libres de sentir empatía por sus semejantes y luchar por la igualdad de derecho.

El islam condena las guerras y actos viles que comprometan a inocentes, evoca un llamado a la filantropía y al amor, en sometimiento de la verdad y lo que es justo. Dispone de paciencia y bondad en los corazones de la gente, no acepta las carreras armamentistas ni los intereses rivales que producen las fábricas y las compañías económicas, más bien buscan un desarrollo social y espiritual.

El islam nunca basó su poderío en cañones, tanques y armas, sino en la preeminencia del pensamiento entre los ulemas (sabios), ya que por lo general todas las personas prefieren la paz, en sus casas, en el trabajo y en su nación. El Corán plantea que la guerra solo es permitida para defenderse de algún agresor y para la causa justa de Dios, nos dice que es necesario saber que no se puede esperar ninguna transformación positiva en cualquier aspecto, a menos que el sueño de libertad se cumpla. Es una prioridad que debe conocer cada individuo y esto solo sucederá si las personas participan de buena gana y a sabiendas de este significativo proceso de transformación.

La paz en el islam es símbolo de desarrollo y como he referido en otra ocasión, el desarrollo dentro de este es evolución. Es sabido que quienes hablan de humanidad y discuten sobre paz a menudo olvidan la importancia del camino espiritual, como también olvidan que el mundo que hoy conocemos mucho tiene que ver con la llegada del islam y de su profeta. Negar esto es una manera de limitarse y no proveerse de lo necesario para un largo y difícil camino como es el de lograr la paz mundial.

"Siglos de nuestra historia no han sido gobernados por el esfuerzo y la atención de las personas de esta Tierra, sino por gobernantes autocráticos y caprichosos. Y debido a la existencia del autoritarismo y su papel central en nuestra sociedad, nuestro pueblo no ha tenido la oportunidad de participar activamente en su propia sociedad. La libertad de pensamiento, que es el emblema más alto del ser y la condición clave de nuestra presencia en el foro del destino, así como el ímpetu principal para el crecimiento y dinamismo en la vida, no ha sido respetada. En otros términos, el secreto de nuestros más grandes problemas históricos, como expresaba Al-Farabi, han sido la dominación del engaño y la astucia sobre nuestro destino, un engaño que ya se había arraigado profundamente antes del advenimiento del islam" (Jatami).

El musulmán cubano también contribuye con sus acciones a la tan deseada paz mundial. Ejemplo de esto es el trato que mantienen con otras religiones, los distintos eventos deportivos que ha mantenido, la realización de concursos de poesía y artes plásticas, los diferentes talleres y conversatorios que han tenido con asociaciones de cristianos, babalawos y budistas, así como el apoyo incondicional que han brindado a la revolución cubana, siendo esta en todo momento una responsabilidad primordial de cada musulmán.

# Capítulo X
# Yihád

La yihád es un principio fundamental del islam, literalmente se puede entender como el mayor esfuerzo empleado para alcanzar el objetivo deseado por una persona o un grupo de individuos. También se puede traducir como sacrificio, estudio, liberación, defensa, lucha por una causa de rectitud y justicia, etc.

Fundamentalmente en Occidente, el termino yihád se ha malinterpretado, esto ha traído como consecuencia que muchas personas teman a la llamada lucha santa en la cual creen que el objetivo principal es que un musulmán se llene de explosivos y se inmole, así sin más, por puro fanatismo religioso. Ese análisis carece de sentido y es producto de la ignorancia y de las fuentes enemigas al pensamiento islámico.

Yihád es un derecho y deber que tiene toda persona para evolucionar como individuo y mejorar así su calidad de vida. El Corán considera el yihád como un estimulante para el individuo y la sociedad humana.

Como diría el imán Ali "El mejor yihád es el de quien lucha contra sus propias pasiones animales". O sea, lo que los musulmanes llaman yihád es el acto de combatir el egoísmo, la pereza, la ignorancia, el odio, la ambición, la violencia, incluso el solo acto de respirar, por ejemplo cuando un niño nace y debe aprender a valerse por sí solo. También es ayudar al necesitado, al débil y desposeído, impedir la injusticia y la corrupción, cooperar con otros en este sentido, esforzarse por amor, por la restauración de los derechos perdidos, intentar entender o enriquecer nuestra cultura, lograr libertad e independencia, etc.

"La vida no es sino fe y yihád" (imán Al-Husain, tercer líder revolucionario de la escuela shiita).

Es difícil para el musulmán cubano, al no encontrarse en una sociedad islámica, mantener su tradición y cumplir algunas veces con sus requisitos establecidos en la religión, no obstante es en estas situaciones cuando el yihád cobra mayor fuerza y sentido para él, pues lo hace comprender cada día más la importancia que tiene esforzarse en las actividades diarias.

Recuerdo un día en el que un musulmán cubano llamado Kumail, perteneciente al barrio capitalino de Lawton, nos comentaba cómo diariamente se le acercaban algunos compañeros de trabajo y le hacían muchas preguntas sobre historia y filosofía islámica, otros le preguntaban sobre el tema de la mujer en el islam, incluso nos cuenta que algunos al principio lo tildaban de loco y no podían comprender como un cubano podía ser musulmán e identificarse de manera profunda en un estilo de vida que no es tan comprendido para el mundo occidental. Kumail les respondía en reiteradas ocasiones que realmente todo era un problema de fe, que era un proceso interno y muy subjetivo, no obstante esto conllevó a que diariamente consultara materiales de estudio islámico, pidiera consejos a personas calificadas como es el caso de teólogos y escritores, y se enriqueciera gradualmente en conocimiento y cultura para así poder responder y hacer frente ha dichas situaciones. Con el paso del tiempo muchos de sus compañeros lograron entender su posición, participar en actividades de su comunidad e incluso aceptar el islam.

Aquí tenemos un ejemplo de cómo se aplica el pensamiento dicho por el imam Husain: "La vida no es sino fe y yihád".

En todo instante Kumail mantuvo su fe inquebrantable en medio de una sociedad con otros hábitos y costumbres. No mermó en su empeño y se mantuvo firme en su posición, esto desarrollo, aun más, su fe y creencia. También llevó a cabo el yihád desde el momento que decidió mantener su ideología y ampliar sus conocimientos para el bien de todas las personas. Como él mismo diría: "Sabía que la ignorancia se arrastraba detrás de mis amigos", y él, como todo musulmán, hizo todo lo que estuvo a su alcance para lograr una preciada victoria.

Diariamente sus hermanos de la comunidad también se enfrentan a situaciones similares en la que sus ideales florecen con cada amanecer. Su constancia es digna de apreciación por las personas que los rodean habitualmente.

# Capítulo XI
# El Corán

El Corán es el libro sagrado de los musulmanes, para ellos es un libro universal y eterno, ya que es una revelación divina y no producto del pensamiento humano. Todas las cuestiones religiosas del islam, así sean leyes morales, prácticas o místicas, tienen su origen en este libro. Un aspecto interesante es que, en el lenguaje del Corán, la palabra religión[24] significa modo de vida, de ahí que sea una importante fuente de consulta, pues en él se encuentran todas las creencias, reglas y costumbres de los practicantes del islám.

Este libro es considerado un milagro, es la palabra de Dios y no la del hombre, puesto que está más allá del poder y la habilidad que poseen los humanos. Encierra tanta sabiduría entre sus hojas que aun los más sabios necesitan consultarlo infinidad de veces a lo largo de sus vidas, e incluso se encuentra más allá de la opinión de las distintas escuelas islámicas, las cuales todas aceptan sin duda alguna su valor y sacralidad.

Una aclaración necesaria es que el contenido del Corán, lejos de lo que se piensa, no pertenece a ningún pueblo en especial, sean árabes musulmanes o no musulmanes; por medio de la argumentación, este invita a cada uno de estos grupos a su justa enseñanza. En él no existe el regionalismo y mucho menos el racismo cuando se trata de humanidad, más bien explica el objetivo perfecto del género humano. Reúne entre sí la verdad de todos los libros revelados (*la Torah* y *el Evangelio*), y describe de una forma más armoniosa todo lo que la humanidad necesita en su marcha hacia la felicidad.

El Corán fue revelado de manera gradual al profeta del islam a lo largo de 23 años. El mismo contiene varios *suras* y *aleyas,* que se interpretan como capítulos y versículos. El orden de estos no fueron el mismo orden en el que fueron revelados inicialmente, sino que posteriormente fueron organizados de acuerdo a temas específicos a tratar. En general su orden es de acuerdo a los sucesos y necesidades

---

24 Religión: en árabe *din.*

que surgieron en Medina, despúes de la Hégira y la formación de la sociedad islámica.

En cuanto a la maravillosa forma de expresión del Corán, proviene del antiguo estilo expresivo de la lengua árabe en la época de oro, cuando el pueblo árabe se empeñaba en conservar la elocuencia y la pureza del idioma.

El estilo del Corán no es prosa ni verso, sino un propio estilo entre ambos. En su llamativo discurso encontramos un atractivo que supera a la poesía y una excelente fluidez en la prosa. Ejemplo de esto han sido los muchos buenos recitadores desde el primer grupo que fueron los compañeros o discípulos del profeta, que eran los encargados de aprenderlos y enseñarlos. El segundo grupo lo constituyeron los discípulos del primero y fueron muy famosos e impartieron muchas clases de recitación en la ciudad de Meca, Basora, Kufa, Damasco y Medina, estos a su vez tuvieron muchos seguidores. El tercer grupo estuvo constituido por los mejores y más famosos discípulos del segundo grupo. Siete miembros de este tercer grupo fueron considerados como autoridades en esta materia, esto fue en la primera mitad del siglo II de la Hégira. El cuatro grupo lo constituyeron los discípulos del tercero. Finalmente el quinto y último grupo lo constituyeron aquellos que discutieron y escribieron libros sobre el tema de la recitación o lectura coránica.

Durante los primeros 2 siglos de la Hégira, el Corán fue copiado en caligrafía kúfica[25], esto provoco la necesidad de memorizar la lectura y a final del siglo primero de la Hégir,a Abul Asuad ad-Duili, un compañero del imam Ali, utilizó puntos para señalar las distintas letras resolviendo así algunas de las dificultades de lectura. Posteriormente Jalíl Ibn Ahmad[26], creó signos para la pronunciación de las vocales breves o harakat, eliminando toda ambigüedad en la lectura.

El Corán posee un sentido manifiesto y un sentido oculto, ambos están referidos entre sí. Donde vemos que hay un significado preliminar manifiesto, también existe un sentido más interno y profundo, de ahí que la interpretación de las suras debe ser de carácter

---

25 kúfica: forma de escritura donde las letras de igual forma no se distinguen sino por el conocimiento de la palabra o frase.

26 Jalíl Ibn Ahmad: famoso gramático que inventó la rama de la prosodia.

dual tanto externo como interno, ejemplo de esto son la materia y el espíritu, la conciencia objetiva y subjetiva etc.

Tiene dos tipos de versículos: explícitos e implícitos. El primero hace referencia a lo normativo, contienen indicaciones claras que no causan confusión a quien las lea. El segundo más bien gira entorno a lo alegórico.

Ahora, la verdadera exégesis o interpretación del Corán es aquella que surge de una verdadera reflexión sobre sus versículos. Existen tres métodos de interpretación a saber:

a. Su interpretación con la ayuda de datos, sean científicos o no científicos.

b. Interpretarlos con la ayuda de los *hadices* (narraciones) referidos al profeta y a los imames.

c. La interpretación por medio de la meditación y mediante la comparación de los versículos relacionados.

Se plantea que, siguiendo estos procedimientos, el hombre pude alcanzar una mayor comprensión de estas escrituras y así equiparar la felicidad en la vida humana con las condiciones naturales que están en él.

"El Corán ha interferido en todos los aspectos de la vida humana, individual y social, en todos sus asuntos; y ha establecido disposiciones realistas, concretas, vinculadas a una visión amplia del mundo y de la adoración a Dios" (Tabatabai).

La mayoría de los investigadores actuales concuerdan en que es un libro excepcional y que es una guía para la civilización del género humano. Sostienen también que encierra un gran misterio y un importante rol histórico, así como que está dirigido a exaltar el conocimiento, pues incita al hombre a la meditación y reflexión de la creación de la Tierra, los desiertos, los mares, la creación de las plantas, del ser humano, el orden invisible que las gobierna, la condición de vida que tenían las antiguas naciones, etc. También incita al estudio de las ciencias naturales, literatura filosofía y matemáticas. Hace un llamado al saber y hacia el reconocimiento del mundo real.

En Cuba el estudio del Corán se realiza semanalmente, los musulmanes escogen un día a la semana, generalmente son los domingos, y se reúnen en el centro islámico. Allí realizan varias actividades pues además de la lectura de este, trabajan materiales de estudio que se refieren al tema, sean audiovisuales, multimedia, entre otros.

Para el cubano la recitación coránica es algo difícil y realizarla perfectamente requiere de muchos años de aprendizaje así como de una serie de condiciones que rara vez están al alcance de ellos.

Los cubanos también cuentan con la ayuda de hermanos de otras naciones y con su apoyo y amparo son capaces de corregir y facilitar con eficiencia las prácticas de esta materia como es el caso de Zaid, un joven artista plástico de la barriada de Lawton que según dicen es uno de los mejores recitadores musulmanes de Cuba. Su esfuerzo por esta ciencia ha logrado que se le reconozca en incontables actividades y es un ejemplo para los nuevos neófitos. Cuando recita el Corán lo hace de una forma tan esplendida que a veces las personas creen que él es nativo de algún país islámico y olvidan que es tan cubano como ellos.

# Capítulo XII
# Poligamia

La poligamia o pluralidad de mujeres es un tema bastante controversial y malinterpretado a la hora de hablar del islam. Durante décadas se ha analizado este tema y nunca se ha llegado a un verdadero entendimiento en lo que respecta a estos también llamados matrimonios múltiples.

Para muchos latinos el hecho de que exista esa posibilidad a su alrededor es algo realmente alarmante, sobre todo para la mujer independiente cubana que, como sabemos ha desempeñado un papel importante en la revolución cubana y ha luchado por hacer valer sus derechos desde la época colonial. Contrario a esto, a la mayoría de los hombres les agrada mucho esta temática. Para muchos jóvenes, sobre todo de la capital, esta idea es realmente agradable, pero como casi siempre ha de suceder, cuando se refieren a estos temas, el poco conocimiento y la inadecuada información se mueven detrás de sus juveniles mentes, puesto que se cree que cada musulmán tiene un harén en su casa con varias hermosas esposas que interpretan un papel de sumisas esclavas sexuales y no tienen el más mínimo derecho a opinar ya que son inferiores en su totalidad.

La mujer cubana cree que el musulmán es un machista por excelencia, que puede golpear y maltratar a la mujer cada vez que le plazca, y que esto no tendrá consecuencia alguna para él, o que tiene todo el derecho y el poder de cambiarla por un objeto cualquiera si se le antoja e incluso prestarla a sus amigos. Nada de esto es cierto, y mucho menos es islam, ya que va en contra de todo derecho humano y principio constitucional.

En la antigüedad el surgimiento del harén se debía a varios factores, principalmente:

❖ La ausencia de la justicia social.

❖ La virtud y castidad de la mujer.

En el primer caso podemos entender que una sociedad pierde sentido y carece de importancia para el hombre cuando no hay leyes que promuevan la justicia social, la empatía y el respeto mutuo. Esto trae consigo el abuso de poder y un surgimiento de explotadores y explotados, como es el caso que dio creación al harén.

"Si una persona, se ahoga en un mar de riquezas mientras otras están varadas en la pobreza, la necesidad y la desgracia o mientras a un vasto número de hombres les es negada la posibilidad de establecer una familia y tener una compañera como matrimonio en tales condiciones sociales, el número de mujeres solteras excede al de los hombres, esto prepara el camino para el establecimiento del harén" (Mutajari).

En cuanto al segundo caso, en la antigüedad, las condiciones de moralidad y el entorno social eran tales que las mujeres no tenían permiso para la intimidad sexual con cualquier otro hombre luego de haber tenido tales relaciones con un hombre en particular. En estas condiciones, un hombre rico, sensual y lujurioso, no vio otro antídoto para esto que reunir un grupo de mujeres alrededor suyo y establecer un harén.

"Obviamente, si las condiciones sociales y morales no hubiesen tenido como necesarias la castidad y pureza de la mujer, si esta podía entregarse fácil y gratuitamente a cualquier hombre, si todos los hombres podían complacer sus deseos con cualquier mujer, en cualquier momento, si los medios de gratificación sexual estaban disponibles en cualquier parte, a toda hora, bajo cualquier tipo de condición; ese tipo de hombre no se hubiese tomado la preocupación de establecer un harén a un alto costo"(Mutajari).

"Si el héroe de *las Mil y una Noche* se levantara de la tumba y viera las posibilidades de todo tipo de entretenimientos y frivolidades y lo poco que cuestan las mujeres de hoy, nunca hubiera soñado poner un harén con todos sus gastos y desventajas" (Mutajari).

Estas originalmente fueron las causas sociales principales que contribuyeron en la antigüedad a la creación del tan popular harén que tenían principalmente los califas y sultanes.

En lo que respecta a la poligamia podemos decir que esta práctica no solo era habitual en la Arabia pre-islámica, sino que también existió entre los judíos, algunas tribus salvajes, en el imperio romano, entre los iraníes en el imperio sasánida, en China donde la ley LI-Ki daba a cada hombre el derecho a tener 130 esposas, y en Israel donde un hombre podía tener centenares. Carlo Magno tenía 400 esposas y en sus tiempos era toda una costumbre en Europa y no estaba condenada por la Iglesia.

El islam no se deshizo completamente de la poligamia, aunque no llega al grado conocido de poliandria. Abolió su forma ilimitada y la confino a un máximo de 4 mujeres, por otra parte, puso condiciones y restricciones que no permitió que cualquiera tenga varias mujeres. Generalmente esta practica se adaptó bien en las sociedades donde el número de mujeres era excesivo comparado con el de hombres. Respecto a esto el islam permite la poligamia con tres condiciones básicas:

a. Preservar la pureza y cordialidad de la vida familiar para que no se pueda volver la causa del resquebrajamiento de los asuntos familiares.

b. Que el número de mujeres no exceda de cuatro esposas.

c. Tratamiento equitativo a todas las esposas.

*"Casaos con las mujeres que os gusten: dos, tres o cuatro. Pero si teméis no ser equitativos (en su trato), casaos con una sola"* (Corán 4:3).

*"En naciones donde el matrimonio múltiple es legal, se posibilita que prácticamente todas las mujeres tengan marido, hijos y una verdadera vida familiar que sacie las necesidades espirituales y satisfaga su instinto femenino. Desgraciadamente, las leyes eclesiásticas en Europa no han permitido el matrimonio múltiple y abandonaba muchas mujeres a una vida solitaria de soltería. Algunas mueren insatisfechas; otras son arrastradas por sus deseos o por la necesidad de ganarse la vida con la inmoralidad; algunas perecen con remordimientos de conciencia y el corazón roto"* (Arthur Schopenhauer Algunas palabras sobre la mujer).

*"Occidente clama rechazar el matrimonio múltiple. Pero el hombre occidental ha encontrado formas de eludir la ley oficial y tener muchas mujeres sin las responsabilidades de un matrimonio apropiado, por lo que pueden abandonar sus amantes indeseadas cuando quieren, no dejándoles otra alternativa que hacer la calle"* (Annie Besant, teósofa).

En el caso de Cuba, los musulmanes locales no practican la poligamia, ya que los parámetros establecidos en la sociedad no respaldan esta ley; solo se concibe un matrimonio legal, pues el musulmán cubano como individuo de esta sociedad no practica la poligamia. También recordemos que es necesario para esto la mayoría femenina, sin embargo, al menos dentro de la umma islámica, la cantidad de mujeres es inferior a la de hombres y además estos no tienen realmente las condiciones materiales para saciar las necesidades de ellas.

# Capítulo XIII
# Últimas palabras

Por el ritmo de vida que se lleva en Occidente, es muy difícil para el musulmán cubano mantener la tradición islámica, sin embargo, su fe incondicional le permite mantener un equilibrio para lidiar con dichas adversidades como son el no poder conseguir la alimentación necesaria establecida en la sharía, adquirir vestuario islámico, ayunar en el mes sagrado y el no tener lugares de rezo.

Solamente existe una mezquita en toda la isla, la cual lleva por nombre Adallah y está situada en la plaza peatonal de la calle Oficio, en lo que antes era el Antiguo Museo de Automóviles. Este llamativo lugar está cerca de la Plaza de Armas en el céntrico municipio capitalino de la Habana vieja. Se inauguro en el mes de junio del 2015, que coincidió con el inicio del mes sagrado de Ramadán en el calendario islámico. Aunque inicialmente fueron muchos los países islámicos que ofrecieron al gobierno cubano los fondos para su construcción, fue el gobierno de Arabia Saudita quien terminó proporcionando la cantidad necesaria.

A pesar de sus limitaciones y dificultades, el apoyo de simpatizantes y el personal musulmán extranjero hace más fácil la travesía de los cubanos para alcanzar sus objetivos. Ha sido de gran provecho para todos el intercambio cultural-espiritual dentro de la umma islámica con sus hermanos de otras naciones como Irán, Pakistán, Irak, Qatar, Arabia Saudita, Japón, Nigeria, Sudan, Yemen, Francia, Argentina, Chile, Colombia, Brasil, México, entre otros. Este aporte ha enriquecido la forma de pensar de estos creyentes del mundo islámico; aquí no solo hago mención de un país en particular, sino que generalizo, ya que creo que el intercambio Oriente-Occidente es muy importante para alcanzar una mejor evolución del individuo en lo que respecta a lo social, lo económico y espiritual, pues como diría Eric Wolf:[27] "El orden social depende del conocimiento y la extensión de las relaciones sociales entre los individuos".

---

27 Antropólogo e historiador.

Es necesario crear un dialogo entre culturas y esto requiere conocer e interiorizarse en todos los aspectos a lo que ella refiere. El ser humano es el eje principal entre la razón de Occidente y el espíritu de Oriente. Este enlace es la respuesta para conocerse a sí mismo, negar su existencia es caer en la trampa del individualismo, es querer ser artificial. La ausencia de preguntas indudablemente nos conduce a la ausencia del pensamiento y sin esto solo somos seres inferiores de la naturaleza. No debemos ser nominalistas, más bien debemos progresar conscientemente de este hecho, puesto que es una necesidad de la sociedad y no un simple accidente casual.

Las cosas, no se deben tratar como un hecho aislado sino por su relación con acontecimientos pasados en la civilización. Sabemos que los individuos afectan ocasionalmente el sentido cultural de los pueblos, como Alejandro Magno, Jomeini, Napoleón, Gengis Kan y muchos otros que jugaron un rol fundamental en la historia de la humanidad; pues como ellos, hagámoslo positivamente.

"Para que tenga lugar un verdadero diálogo entre civilizaciones, es indispensable que el Oriente se convierta en un participante real en las discusiones y no que sea tan solo un objeto de estudio. Este es un paso muy importante que Europa y Norteamérica necesitan dar hacia la realización de un proyecto de dialogo entre civilizaciones. Por cierto, esta no es una invitación en un solo sentido, nosotros también, como iraníes, como musulmanes y como asiáticos, necesitamos dar grandes pasos dirigidos a obtener un verdadero conocimiento de Occidente, como realmente es. Este conocimiento nos ayudará a mejorar nuestro estilo de vida, económico y social" (Discurso de M, Jatami, ex presidente de la Republica Islámica de Irán en el instituto Universitario Europeo, Florencia, 10 de marzo de 1999).

La cita que leímos es una muestra de esta necesidad. Pienso que uno de los mayores problemas que tienen las comunidades musulmanas es que se aíslan en su propia visión, olvidando muchas veces que deben relacionarse con otras sociedades que tiene un ritmo de vida muy distinto y que además se les impone. Los sistemas sociales deben ser isomorfos y proyectarse unos a otros, para así lograr un mejor entendimiento entre las dos partes.

No basta con hablar de responsabilidad, sino que se debe tomar consciencia cívica. La tradición no se impone, sino que ella se expresa por sí misma como modelo a la comunidad. En Occidente se fundamenta una ideología que rechaza la tradición y en el Oriente el retraso histórico actual es eminente. El liberalismo en las sociedades occidentales es necesario siempre que no implique un desequilibrio con el pasado histórico, ya que este pasado nunca deja de existir, más bien se encuentra de alguna manera latente en el presente. En el caso de la tradición oriental, esta se acopla, pero no resuelve los percances urgentes del individuo. Aunque no todo lo que ofrece una cultura extranjera se toma, hay elementos en ella que si enriquecen a las naciones.

Otro ejemplo a exponer es el tema de los valores morales, muy necesarios en Occidente. Un viejo proverbio dice "Los jóvenes se parecen más a los tiempos que a los padres". Un estudio más detallado de las sociedades orientales permitiría una mayor comprensión de este problema que aqueja tanto al Occidente.

Japón ha aceptado la tecnología de Occidente, con esto se ha engrandecido como potencia y ha enriquecido su cultura y estilo de vida y pregunto ¿qué debemos de hacer para alcanzar un mayor desarrollo social? No creo que la solución sea la de crear conflictos bélicos en todo el Oriente como han hecho las grandes potencias, sino la de dialogar e interactuar culturalmente, puesto que es prácticamente imposible suprimir el pensamiento, solo debemos equilíbralo y el resultado deseado será la atmósfera apropiada para el bienestar mutuo.

Este principio también a de aplicarse en la actual sociedad cubana. A pesar de los tabúes aún existentes, el islam ha encontrado un camino preferente entre jóvenes universitarios, artistas plásticos, músicos e intelectuales. Se han creado espacios donde el intercambio del pueblo con los musulmanes ha sido de gran provecho para ambos. Proyectos culturales como *Retorno*, las actividades en el centro Shias Al-Masumin y la Casa del Árabe, han brindado la oportunidad de gestar el debate de forma profunda y navegar más allá de lo exótico. Es un hecho que en Cuba existan más de 10.000 musulmanes según estadísticas del departamento de estudios socio-religiosos.

Es menester también hacer la aclaración que a pesar de lo que se ha logrado en materia de estudio. Se necesitan más espacios culturales e investigativos, la importante ayuda de los medios de promoción, la publicación de libros y materiales de consulta facilitaría a las personas una mejor manera de combatir ese escurridizo enemigo llamado ignorancia. Es necesario conocer nuestras raíces, saber quiénes somos, para luego saber hacia donde ir, ya que como diría el apóstol José Martí: "Ser culto es el único modo de ser libre".

# Capítulo XIV
# Martí y el islam: apuntes

Mucho escribió este destacado representante de la literatura hispanoamericana y principal exponente de la literatura cubana: José Julián Martí Pérez, quien además fue precursor del modernismo latinoamericano, así como apóstol y héroe nacional.

Entre sus obras se encuentran numerosos ensayos, novelas y poemas. Este genio de las letras rebasó sin lugar a dudas las fronteras de su época. Sus excelsas cualidades le permitieron destacar un estilo fluido y sencillo que le valieron entre otras cosas el reconocimiento de su voluminosa obra literaria, como es el caso de *Abdala, Presidio Político en Cuba, Ismaelillo, Versos sencillos* y *Nuestra América*.

José Martí escribió mucho acerca del islam, conocía de su historia, artes, tradiciones y religión. La obra martiana está muy influenciada por la cultura árabe. Al menos cinco de sus poemas están dedicados a este tema y en otros quince hace constante referencia sobre ello. También estudió a sus más destacados filósofos como es el caso de Avicena, Ibn Arabi, entre otros, pero su mayor evidencia al respecto fue el poema patriótico *Abdala*, escrito expresamente para el periódico *La Patria* el 23 de enero de 1869, para ese entonces Martí solo contaba con 16 años de edad.

En esta obra encontramos una de las principales facetas del pensamiento martiano que le acompañarían a lo largo de su vida: el amor y el cumplimiento del deber a la patria. Abdala hace alegoría a una Cuba representada por medio de una tierra árabe, en este caso Nubia, la cual lucha incesantemente contra el enemigo colonialista e invasor. Una mujer Nubia representa a la madre de José Martí y el propio apóstol se encuentra a sí mismo en el personaje principal de su obra. Sus personajes también son árabes. Todo drama refleja sus conflictos familiares, además del contexto histórico representado simbólicamente en un escenario árabe. No puede darse mejor evidencia al lector que esta interesante obra escrita por el apóstol cubano.

# *Abdala*

**Personajes**

ESPIRTA, madre de Abdala.
ELMIRA, hermana de Abdala.
ABDALA.
UN SENADOR.
Consejeros, soldados, etc.

La escena pasa en Nubia.

# Escena I

### ABDALA, UN SENADOR y CONSEJEROS

**SEN**.
Noble caudillo: a nuestro pueblo llega
Feroz conquistador: necio amenaza.
Si a su fuerza y poder le resistimos,
En polvo convertir nuestras murallas:
Fiero pinta a su ejército, que monta
Nobles corceles de la raza arábiga;
Inmensa gente al opresor auxilia
Y tan alto es el número de lanzas
Que el enemigo cuenta, que a su vista
La fuerza tiembla y el valor se espanta.
¡Tantas sus tiendas son, noble caudillo,
Que a la llanura llegan inmediata,
Y del rudo opresor ¡oh Abdala ilustre!
Es tanta la fiereza y arrogancia,
Que envió un emisario reclamando
-¡Rindiese fuego y aire, tierra y agua!

**ABD**.
Pues decid al tirano que en la Nubia
Hay un héroe por veinte de sus lanzas:
Que del aire se atreva a hacerse dueño:
Que el fuego a los hogares hace falta:
Que la tierra la compre con su sangre:
Que el agua ha de mezclarse con sus lágrimas.

**SEN**.
Guerrero ilustre: ¡calma tu entusiasmo!
Del extraño a la impúdica arrogancia
Diole el pueblo el laurel que merecían
Tan necia presunción y audacia tanta;
Mas hoy no son sus bárbaras ofensas

Muestras de orgullo y simples amenazas:
¡Ya detiene a los nubios en el campo!
¡Ya en nuestras puertas nos coloca guardias!

**ABD**.
¿Qué dices, Senador?

**SEN**.
-Te digo ¡oh jefe
Del ejército nubio! Que las lanzas
Deben brillar, al aire desenvuelta
La sagrada bandera de la patria
Te digo que es preciso que la Nubia
Del opresor la lengua arranque osada,
Y la llanura con su sangre bañe,
¡Y luche Nubia cual luchaba Esparto!
¡Vengo en tus manos a dejar la empresa
De vengar las cobardes amenazas
Del bárbaro tirano que así llega
A despojar de vida nuestras almas!
Vengo a rogar al esforzado nubio
Que a la batalla con el pueblo parta.

**ABD**.
Acepto, Senador. Alma de bronce
Tuviera si tu ruego no aceptara.
Que me sigan espero los valientes
Nobles caudillos que el valor realza,
¡Y si insulta a los libres un tirano
Veremos en el campo de batalla!
En la Nubia nacidos, por la Nubia
Morir sabremos: hijos de la patria,
Por ella moriremos, y el suspiro
Que de mis labios postrimeros salga,
Para Nubia será, que para Nubia
Nuestra fuerza y valor fueron creados.

Decid al pueblo que con él al campo
Cuando se ordene emprenderé la marcha;
Y decid al tirano que se apreste,
Que prepare su gente, -y que a sus lanzas
Brillo dé y esplendor. ¡Más fuertes brillan
Robustas y valientes nuestras almas!

**SEN.**
¡Feliz mil veces ¡oh valiente joven!
El pueblo que es tu patria!

**TODOS**
¡Viva Abdala!

(Se van el Senador y consejeros.)

# Escena II

**ABDALA**

**ABD**.
¡Por fin potente mi robusto brazo
Puede blandir la dura cimitarra,
Y mi noble corcel volar ya puede
ligero entre el fragor de la batalla!
¡Por fin mi frente se orlará de gloria;
Seré quien libre a mi angustiada patria,
Y quien lo arranque al opresor el pueblo
Que empieza a destrozar entre sus garras!
¡Y el vil tirano que amenaza a Nubia
Perdón y vida implorará a mis plantas!
¡Y la gente cobarde que lo ayuda
A nuestro esfuerzo gemirá espantada!
¡Y en el cieno hundirá la altiva frente,
Y en cieno vil enfangará su alma!
¡Y la llanura en que su campo extiende

Será testigo mudo de su infamia!
¡Y el opresor se humillará ante el libre!
¡Y el oprimido vengará su mancha!
Conquistador infame: ya la hora
De tu muerte sonó: ni la amenaza,
Ni el esfuerzo y valor de tus guerreros
Será muro bastante a nuestra audacia.
Siempre el esclavo sacudió su yugo, -
Y en el pecho del dueño hundió su clava
El siervo libre; siente la postrera
Hora de destrucción que audaz te aguarda,
¡Y teme que en tu pecho no se hunda

Del libre nubio la tajante lanza! -
Ya me parece que rugir los veo
Cual fiero tigre que a su presa asaltó.
Ya los miro correr: a nuestras filas
Dirigen ya su presurosa marcha.
Ya luchan con furor: la sangre corre
Por el llano a torrentes: con el ansia
Voraz del opresor, hambrientos vuelven
A hundir en sus costados nuestras lanzas,
Y a doblegar el arrogante cuello
Al tajo de las rudas cimitarras:
Cansados ya, vencidos, -cual furiosas
Panteras del desierto que se lanzan
A la presa que vencen, y se fatigan,
Y rugen y se esfuerzan y derraman
La enrojecida sangre, y combatiendo
Terribles ayes de dolor exhalan,
Así los enemigos furibundos
A nuestras filas bárbaros se lanzan,
Y luchan, -corren, -retroceden, -vuelan, -
Inertes caen, -gimiendo se levantan, -
A otro encuentro se aprestan, -¡y perecen!
Ya sus cobardes huestes destrozadas

Huyen por la llanura: -¡oh! ¡cuánto el gozo
Da fuerza y robustez y vida a mi alma!
¡Cuál crece mi valor! ¡Cómo en mis venas
Arde la sangre! ¡Cómo me arrebata
Este invencible ardor! -¡Cuánto deseo
A la lucha partir! -

## Escena III

**Entran guerreros.**

**GUERREROS y ABDALA**

**UN G**.
¡Salud, Abdala!

**ABD**.
¡Salud, nobles guerreros!

**UN G**.
Ya la hora
De la lucha sonó: la gente aguarda
Por su noble caudillo: los corceles
Ligeros corren por la extensa plaza:
Arde en los pechos el valor, y bulle
En el alma del pueblo la esperanza:
Si vences, noble jefe, el pueblo nubio
Coronas y laureles te prepara,
¡Y si mueres luchando, te concede
La corona del mártir de la patria! -
Revelan los semblantes la alegría:
Brillan al sol las fulgurantes armas, -
¡Y el deseo de luchar, en las facciones
La grandeza, el valor, sublimes graban! -

**ABD**.
Ni laurel ni coronas necesita
Quien respira valor. Pues amenazan
A Nubia libre, y un tirano quiere
Rendirla a su dominio vil esclava.
¡Corramos a la lucha, y nuestra sangre
Pruebe al conquistador que la derraman
Pechos que son altares de la Nubia,
Brazos que son sus fuertes y murallas!
¡A la guerra, valientes! Del tirano
¡La sangre corra, y a su empresa osada
De muros sirvan los robustos pechos,
Y sea su sangre fuego a nuestra audacia!
¡A la guerra! ¡A la guerra! ¡Sea el aplauso
Del vil conquistador que nos ataca,
El son tremendo que al batirlo suenen
Nuestras rudas y audaces cimitarras!
¡Nunca desmienta su grandeza Nubia!
¡A la guerra corred! ¡A la batalla,
Y de escudo te sirva ¡oh patria mía!
El bélico valor de nuestras almas!

(Hacen ademán de partir.)

## Escena IV

**Entra Espirta.**

**ESPIRTA y dichos.**

**ESP**.
¿Adónde vas? ¡Espera!

**ABD**.
¡Oh madre mía!
Nada puedo esperar.

**ESP**.

¡Detente, Abdala!

**ABD**.

¿Yo detenerme, madre? ¿No contemplas
El ejército ansioso que me aguarda?
¿No ves que de mi brazo espera Nubia
La libertad que un bárbaro amenaza?
¿No ves cómo se aprestan los guerreros?
¿No miras cómo brillan nuestras lanzas?
Detenerme no puedo, ¡oh madre mía!
¡Al campo voy a defender mi patria!

**ESP**.

¡Tu madre soy!

**ABD**.

¡Soy nubio! El pueblo entero
Por defender su libertad me aguarda:
Un pueblo extraño nuestras tierras huella:
Con vil esclavitud nos amenaza;
Audaz nos muestra sus potentes picas,
Y nos manda el honor, y Dios nos manda

Por la patria morir, ¡antes que verla
Del bárbaro opresor cobarde esclava!

**ESP**.

¡Pues si exige el honor que al campo vueles,
Tu madre hoy que te detengas manda!

**ABD**.

¡Un rayo sólo retener pudiera
El esfuerzo y valor del noble Abdala!
¡A la guerra corred, nobles guerreros,
Que con vosotros el caudillo marcha!

(Se van los guerreros).

# Escena V

ESPIRTA y ABDALA

**ABD**.
Perdona ¡oh madre! que de ti me aleje
Para partir al campo. ¡Oh! Estas lágrimas
Testigos son de mi ansiedad terrible,
Y el huracán que ruge en mis entrañas.
(Espirta llora).
¡No llores tú, que a mi dolor ¡oh madre!
Estas ardientes lágrimas le bastan!
El ¡ay! del moribundo, ni el crujido,
Ni el choque rudo de las fuertes armas,
¡No el llanto asoman a mis tristes ojos,
Ni a mi valiente corazón espantan!
Tal vez sin vida a mis hogares vuelva,
U oculto entre el fragor de la batalla
De la sangre y furor víctima sea.
Nada me importa. ¡Si supiera Abdala
Que con su sangre se salvaba Nubia
De las terribles extranjeras garras,
Esa veste que llevas, madre mía,
Con gotas de mi sangre la manchara!
Solo tiemblo por ti; y aunque mi llanto
No muestro a los guerreros de mi patria,
¡Ve cómo corre por mi faz, ¡oh madre!
Ve cuál por mis mejillas se derrama!

**ESP**.
¿Y tanto amor a este rincón de tierra?
¿Acaso él te protegió en tu infancia?
¿Acaso amante te llevó en su seno?
¿Acaso él fue quien engendró tu audacia

¿Y tu fuerza? ¡Responde! ¿O fue tu madre?
¿Fue la Nubia?

**ABD**.

El amor, madre, a la patria
No es el amor ridículo a la tierra,
Ni a la yerba que pisan nuestras plantas;
Es el odio invencible a quien la oprime,
Es el rencor eterno a quien la ataca;
Y tal amor despierta en nuestro pecho
El mundo de recuerdos que nos llama
A la vida otra vez, cuando la sangre,
Herida brota con angustia el alma;
¡La imagen del amor que nos consuela
Y las memorias plácidas que guarda!

**ESP**.

¿Y es más grande ese amor que el que despierta
En tu pecho tu madre?

**ABD**.

¿Acaso crees
Que hay algo más sublime que la patria?

**ESP**.

¿Y aunque sublime fuera, acaso debes
Por ella abandonarme? ¿A la batalla
Así correr veloz? ¿Así olvidarte
De la que el ser te dio? ¿Y eso lo manda
la patria? ¡Di! ¿Tampoco te conmueven
La sangre ni la muerte que te aguardan?

**ABD**.

Quien a su patria defender ansía
Ni en sangre ni en obstáculos repara;
Del tirano desprecia la soberbia;

En su pecho se estrella la amenaza;
¡Y si el cielo bastara a su deseo,
Al mismo cielo con valor llegará!

**ESP.**
¿No te quedas por fin y me abandonas?

**ABD.**
¡No, madre, no! ¡Yo parto a la batalla!

**ESP.**
¿Al fin te vas? ¿Te vas? ¡Oh hijo querido!

**(Se arrodilla.)**

¡A tu madre infeliz mira a tus plantas!
¡Mi llanto mira que angustioso corre
De amargura y dolor! ¡Tus pies empapa!
¡Deténte, oh hijo mío!

**ABD.**
Levanta ¡oh madre!

**ESP.**
¡Por mi amor... por tu vida... no... no partas!

**ABD.**
¿Que no parta decís, cuando me espera
La Nubia toda? ¡Oh, no! ¿Cuando me aguarda
Con terrible inquietud a nuestras puertas
Un pueblo ansioso de lavar su mancha?
¡Un rayo solo detener pudiera
El esfuerzo y valor del noble Abdala!

**ESP.**
Y una madre infeliz que te suplica (con altivez),

Que moja con sus lágrimas tus plantas,
¿No es un rayo de amor que te detiene?
¿No es un rayo de amor que te anonada?

**ABD**.
¡Cuántos tormentos!¡Cuán terrible angustia!
Mi madre llora... Nubia me reclama...

Hijo soy... Nací nubio... Ya no dudo:
¡Adiós! Yo marcho a defender mi patria. (Se va).

## Escena VI

**ESPIRTA**

**ESP**.
Partió... partió... Tal vez ensangrentado,
Lleno de heridas, a mis pies lo traigan;
Con angustia y dolor mi nombre invoque;
Y mezcle con las mías sus tristes lágrimas.
¡Y mi mejilla con la suya roce
Sin vida, sin color, inerte, helada!
¡Y detener no puedo el raudo llanto
Que de mis ojos brota; a mi garganta
Se agolpan los sollozos, y mi vista
Nublan de espanto y de terror mis lágrimas!
Mas ¿por qué he de llorar? ¿Tan poco esfuerzo
Nos dio Nubia al nacer? ¿Así acobardan
A sus hijos las madres? ¿Así lloran
Cuando a Nubia un infame nos arranca?
¿Así lamentan su fortuna y gloria?
¿Así desprecian el laurel? ¿Tiranas,
Quieren ahogar en el amor de madre
El amor a la patria? ¡Oh, no! ¡Derraman
Sus lágrimas ardientes, y se quejan
Porque sus hijos a morir se marchan!

¡Porque si nubias son, también son madres!
¡Porque al rudo clamor de la batalla
Oyen mezclarse el ¡ay! que lanza el hijo
Al sentir desgarradas sus entrañas!
¡Porque comprenden que en la lucha nunca
Sus hogares recuerdan, y se lanzan
Audaces en los brazos de la muerte
Que a una madre infeliz los arrebata!

## Escena VII

**ESPIRTA y ELMIRA**

**ELM**.
¡Madre! ¿Llorando vos?

**ESP**.
¿De qué te asombras?
A la lucha partió mi noble Abdala,
Y al partir a la lucha un hijo amado,
¿Qué heroína, qué madre no llorara?

**ELM**.
¡La madre del valor, la patriota!
¡Oh! ¡Mojan vuestra faz recientes lágrimas,
Y rebosa el dolor en vuestros ojos,
Cobarde llanto vuestro seno baña!
¡Madre nubia no es la que así llora
Si vuela su hijo a socorrer la patria!
¡A Abdala adoro: mi cariño ciego
Es límite al amor de las hermanas,
Y en sus robustas manos, madre mía,
Le coloqué al partir la cimitarra,
Le dije adiós, y le besé en la frente!
Y ¡vos lloráis, cuando luchando Abdala
De noble gloria y de esplendor se cubre,

Y el bélico laurel le orna de fama!
¡Oh madre! ¿No escucháis ya cómo suenan
Al rudo choque las templadas armas?
¿Las voces no escucháis? ¿El son sublime
De la trompa no oís en la batalla?
¿Y no oís el fragor? ¡Con cuánto gozo
Esta humillante veste no trocara
Por el lustroso arnés de los guerreros,
Por un noble corcel, por una lanza!

**ESP.**

¿Y también, como Abdala, por la guerra
A tu hogar y tu madre abandonaras,
Y a morir en el campo audaz partieras?

**ELM.**

También, madre, también; ¡que las desgracias
De la patria infeliz lloran y sienten
Las piedras que deshacen nuestras plantas!
¿Y vos lloráis aún? ¿Pues de la trompa
El grato son no oís que mueve el alma?
¿No lo escucháis? ¡Oh madre! ¿A vos no llega
El sublime fragor de la batalla?

(Se oye tocar a la puerta).

Pero... ¿qué ruido es este repentino,
Madre, que escucho a nuestra puerta?

**ESP.**

(Lanzándose hacia la puerta:)

¡Abdala!

**ELM.**

(Deteniéndola:)

Callad, ¡oh madre! Acaso algún herido
A nuestro hogar desesperado llama.
A su socorro vamos, madre mía.

(Se dirigen a la puerta).

¿Quién toca a nuestra puerta?

**UNA VOZ**
¡Abrid!

## Escena VIII

**Entran guerreros trayendo en brazos a Abdala, herido.**

**Dichos y ABDALA**

**ELM. Y ESP.**
(Espantadas) ¡Abdala!

(Los guerreros conducen a Abdala al medio del escenario.)

**ABD**.
Abdala, sí, que moribundo vuelve
A arrojarse rendido a vuestras plantas,
Para partir después donde no puede
Blandir el hierro ni empuñar la lanza.
¡Vengo a exhalar en vuestros brazos, madre,
Mis últimos suspiros, y mi alma!
¡Morir! Morir cuando la Nubia lucha;
Cuando la noble sangre se derrama
De mis hermanos, madre; ¡cuando espera
De nuestras fuerzas libertad la patria!
¡Oh madre, no lloréis! Volad cual vuelan
Nobles matronas del valor en alas
A gritar en el campo a los guerreros:

«¡Luchad! ¡Luchad, oh nubios! ¡Esperanza!»

**ESP**.

¿Que no llore, me dices? ¿Y tu vida
Alguna vez me pagará la patria?

**ABD**.

La vida de los nobles, madre mía,
Es luchar y morir por acatarla,
Y si es preciso, con su propio acero
Rasgarse, por salvarla, las entrañas!

Mas... me siento morir: en mi agonía
(A todos:) no vengáis a turbar mi triste calma
¡Silencio!... Quiero oír... ¡oh! Me parece
Que la enemiga hueste, derrotada,
Huye por la llanura... ¡Oíd!... ¡Silencio!
Ya los miro correr... A los cobardes
Los valientes guerreros se abalanzan...
¡Nubia venció! Muero feliz: la muerte
Poco me importa, pues logré salvarla...
¡Oh, qué dulce es morir cuando se muere
Luchando audaz por defender la patria!

(Cae en brazos de los guerreros).

# Bibliografía

Del Arco y Garay, Ricardo (1954.Instituto Jerónimo Zurita. Consejo Superior de Investigaciones Científicas. ed) Sepulcros de la casa Real de castilla.

Elorza, Juan C; Lourdes Vaquero Belen, Marta Negro (1990). Junta de Castilla y León. Consejería de Cultura y Bienestar Social(ed). El panteón "Real de las huelgas de Burgos. Los enterramientos de los reyes de León y de castilla, 2da edición, Editorial Evergráfica S.A.

Martínez Diez Gonzalo (Madrid 2003) Alfonso VI. Hondarribia: Nerea.

Reilly, B.F (toledo1989).El reino de León y Castilla bajo el Rey Alfonso VI (1065-1109).

García Calles, Luisa (1972). Centro de Estudios e investigación "San Isidoro"(ed).Doña Sancha, Hermana del Emperador, (fuentes y estudios de historia leonesa; 7 anejos del anuario de estudios Medievales; 2).

Martin, Therese (2008) "hacia una clarificación del infantazgo en tiempos de la Reina Urraca y su hija infanta Sancha (1107-1159).

Pérez González, Maurilio (1997). Universidad de León, secretariado de publicaciones(ed) Crónicas del emperador Alfonso VII.

Torres Sevilla Quiñones de León, Margarita (1999) Linajes Nobiliarios en León y Castilla (siglos IX-XIII) pag187. Junta de Castilla y León consejería de Educación y Cultura.

De Salazar y Acha, Jaime (2006) "Urraca un hombre egregio en la onomástica altomedieval. Pág. 29-48.

Ambrosio Huici, Miranda: Historia Política del Imperio Almohade.

Viguera, Maria Jesús; Los reinos de Taifas.

Historia de España, Ramón Menéndez Pidal, Tomo XIII, Castilla y león (1217-1349) Pág. 49 sobre los almohades, pág. 205-328.

La batalla de los navíos de Tolosa: Historia y mito. María Dolores Rosado llamas y Manues Gabriel López Payer, Jaén caja rural, 2001.

Batallas decisivas de la historia de España. Juan Carlos Losada.

Huici Miranda Ambrosio: Las grandes batallas de la reconquista durante las invasiones africanas (2000) Editorial Universidad de Granada.

Batista González Juan: España estratégica. Guerra y diplomacia en la historia de España.

Historia de España; Menéndez Pidal. Tomo VIII: El reino Nazarí de Granada (1232-1492).

Pérez Joseph. La España de los Reyes Católicos. Madrid: Nerea, 2002.

Belenguer Ernest. Fernando el Católico. Barcelona: Península 1999

Fernández Álvarez Manuel. Isabel la Católica. Madrid: España-Calpe, 2003.

Ignacio Olague Videla "La revolución Islámica en occidente" (1974).

Rachel Arié. España Musulmana (siglos VIII-XV).

Niane, Djibril Tamsir (1982). Historia general de África. UNESCO.

Lydia Cabrera 1993 "El monte". La habana Editorial letras cubanas.

Lydia Cabrera "Palo monte Mayombe: Las reglas del congo".

Maria Jesús "Los reinos Taifa y las invasiones magrebies" Madrid 1992 nueva edición 2007pag 131, 132,134).

Heers, Jaques. Los berberiscos, Editorial Ariel, 2003.

El arte mudejar: Origen, Características e influencias Trasatlánticas. Revista Alif Numero 52, sep 2007.

Aníbal Arguelles Mederos. "Expresiones religiosas de origen africano" en panorama de la religión en Cuba, editora Política, la Habana, 1998.

"Historia de Al-Ándalus (711-1492) La convivencia de tres culturas durante 800 años". Shamsuddín Elía. Revista El mensaje de Az-zaqalain Número 11, mayo 1998.

Tabatabai, Muhammad Husain. "El Corán en el Islam". Editorial Fundación Cultural Oriente. Segunda edición 2010.

Jatami, Muhammad. "El dialogo entre civilizaciones y el mundo del Islam".

Lari, Mujtaba Musawi. "El Islam y la civilización occidental".

Motahari, Morteza. "Los derechos de la mujer en el Islam".

Nasab, Rida Husaini. "La Shía responde".

Bahonar, Muhammad Yauád y Beheshti, Muhammad Husain. "Introducción a la Cosmovisión del Islam".

"El Islam y la libertad de religión en Cuba". Andrea Morales Mesa. Revista El mensaje de Az-zaqalain Número 26, junio 2004.

Larui, Abdallah "La crisis de los intelectuales árabes".

Tabatabai Husain Muhammad, "Introducción al conocimiento del Islam" Editorial Al Hoda, 1989.

La doctrina del islam Shia a la luz de las enseñanzas de Ahulbait. Editorial Fundación Cultural Oriente.

Los imames de la buena Guía: La familia del profeta Muhammad (PBD). Editorial Fundación Imam Ali.

La recopilación de las virtudes: Un tratado de Ética Islámica. Editorial Fundación Cultural Oriente.